포클랜드 어장 가는 길

남서대서양 섹터 3.1 공해 해역 89일간의 조업 기록

포클랜드 어장 가는 길

최희철 지음

앨피

1970년대 외화벌이의 선봉으로 독일에 파견되었던 간호사와 광부들의 이야기가 최근 여러 방면에서 재조명되었다. 현재 우리가 어느 정도 먹고살게 된 데에 그들이 기여한 바가 크다고 보면 마땅한 일일 것이다. 그런데 한편으로 원양어업 선원들의 이야기는 상대적으로 잘 알려지지 않은 것 같아 좀 '불공평'한 게 아닌가 하는 생각이 들었다. 원양어업 선원들도 그들만큼이나 어려운 환경에서 외화를 벌어들였는데 말이다. 이것은 원양어업 선원들의 처지가 더 힘들었다거나, 그들의 외화벌이가 우리 경제에 더 많은 도움이 되었다는 말을 하려는 것이 아니다.

원양어업 선원들은 왜 잊혀져 버린 사람들이 되었을까? 아마도 '바다'라는 특수성이 크게 작용했을 것이다. 육지에서 벌어지는 일은 그게 탄광이든 병원이든 심지어 전쟁터이든 현실감 있게 느껴지고 소식도 '뉴스(급)'로 전해지는 반면, 바다 생활은 거리감이 크게 느껴지고 육지와 격리된 곳처럼 여겨진다. 여러 왜곡된 정보와 생각들이 뒤엉켜 마냥 위험하고 이해하기 어렵다는 고정관념이 박혀 있는 것이다. 그러나 원양어업은 독일의 광부나 간호사들의 이야기와 달리 '현재진행형'이다. 다행히 원양어업의 과거에 대해서는 최근 재조명하려는 움직임이 나타나고 있지만 더 중요한 원양어업의 현재, 그러니까 지금 이 시각 어떤 사람들이 어떤 바다에서 어떤 어선을 타고 어떻게 고기를 잡고 있는지에 대해서는 거의 알려진 바가 없다.

지금 우리는 원하기만 한다면 일상적으로 참치(캔)를 먹을 수 있는 시대에 살고 있다. 참치(다랑어) 외에도 원양어업에 종사하는 선원들이 어획한 어획물이 우리 식탁을 차지하는 비율도 높다. 그렇게 일상적으로 접하고 있는 것들이 어떤 과정을 거쳐 우리 식탁에 오르게 되는지 잘 모르는 현상은 꽤 심각한 문제일 수 있다. 우리의 일상을 떠받치고 있는 것들을 이해하지 못한 채 살아간다는 것은, 우리가 거대한 구조 속에서 '소외된 삶'을 살아가고 있음을 증거하는 것이기도 하다. 그것은 어떤 측면에서 '허무한 삶'이고, 허무함은 언제든 위험으로 직결될 수 있다. 이런 현상은 우리가 삶을 떠받치고 있는 것들에 무관심해서라기보다는, 관련 분야의 사람들이 그 사실을 알리는 데 무관심하기 때문일 것이다.

과거는 현재와 결부될 때 그 중요성이 빛을 발한다. 현재는 지나가 버린 과거와 별개의 지금이 아닌, 과거가 녹아 있는 지금이기 때문이다. 그러므로 현재를 살고 있는 우리가 지금 이 시각 바다에서 벌어지고 있는 일을 구체적으로 아는 것은, 현재뿐 아니라 원양어업의 과거를 잘 이해하는 열쇠가 될 것이며 더불어 미래를 대비하는 훌륭한 준비가 될 것임은 자명하다. 그것이 바로 현재의 원양어업이 다양한 방법으로 알려지고 공유되어야 하는 이유다.

글을 읽지 못하는 것이 문맹文盲이라고 한다면 바다에 대해 모르는 것을 '바다맹盲'이라고 할 수 있을 것이다. 많은 사람들이 떠올리는 바다의 이미지는 왜곡, 신비, 그리고 거짓으로 가득 차 있다. 막연하게 거대하지만 거칠고 위험한 것, 혹은 서구 신화들에서 연상되는 환상적인 이미지들, 이 모두가 '바다맹'이라고 할 수 있을 것이다. 그 때문에 바다와 바닷사람들의 이미지, 즉 우리의 원양어업과 원양어업 선원들의 이미지가 왜곡되거나 잊혀질까 우려스럽다. 물론《포클랜드 어장 가는 길》이 바다와 바닷사람들의 이야기를 모두 담았다고는 할 수 없다. 다만 옛날이 아니라 '바로 지금' 남서대서양 '포클랜드 바다' 위에서 원양어업 선원들과 함께 생활하면서 겪었던 바다와 바닷사람 그리고 '트롤어선'에 대한 이야기를 통해 바다의 실재實在를 드러내고 싶었다.

바다의 주인공은 당연히 바다라고 해야겠지만 그것은 동어반복일 뿐이다. 인간이 없는 바다를 상상하기 어렵다는 말이다. 바다는 그 자체로 바다이지만, 인간이 없는 바다가 인간에게 과연 무슨 의미가 있겠는가? 그러므로 인간이 지금 겪고 있는 바다를 알자는 것이다. 이것은 인간이 중심이 되어 바다를 정복하자는 말이 아니다. 주인공은 현장에 있는 살아 숨쉬는 바닷사람과 어선 그리고 바다에 서식하는 존재들이다. 그 어떤 존재도 홀로 바다의 주인공이 될 순 없다. 현장에 있는 그 모두가 주인공이다.

그들은 육지의 존재들에게 '타자他者'들일 수도 있겠다. 하지만 그런 타자들이 있기에 육지의 삶도 가능한 것 아닐까? 세상의 모든 육지가 세상의 모든 바다와 연결되어 있듯, 육지의 삶과 바다의 삶은 결코 분리된 게 아니다. 그렇다, 세상 모든 존재와 삶은 한 번도 분리된 적이 없었다. 그러므로《포클랜드 어장 가는 길》은 지금 현재 타자들의 이야기이면서도 사실은 육지에서 살아가는 우리들 자신의 이야기일지도 모른다. 그러므로 원양어업과 관련된 그 모든 존재들을 유심히 살펴보고, 그때 눈에 보이는 그들을 존중하고 사랑하는 게 세상을 살아가는 의미 있는 방법 중 하나가 될 수 있지 않을까 생각해 본다.

한국의 원양어업은 지금 벼랑 끝에 서 있다. 이 고단한 '여정'이 언제 끝날지 알 수 없지만 그때까지 모두 힘을 잃지 않기를. 포클랜드 어장뿐 아니라 모든 바다에서 힘차게 살아가고 있는 사람들의 모습이 널리 알려지기를. 그것은 지금 이 순간 우리가 바다 위에서 생명체로서 꿈틀거리며 살고 있음을 증거하는 것이기도 하니까.

2018년 4월

최희철

차례

포클랜드 어장은 대서양 남서쪽 '41 해구'(왼쪽) 중 남위 41°~48° 서경 62°~56° 범위에 해당하는 섹터 3.1 해역(오른쪽)의 공해 어장이다. 섹터 3.2에 보이는 섬이 포클랜드섬이다. 섹터 3.1이라고 해도 일부는 아르헨티나 경제수역에 포함되어 전체가 공해 어장은 아니다.

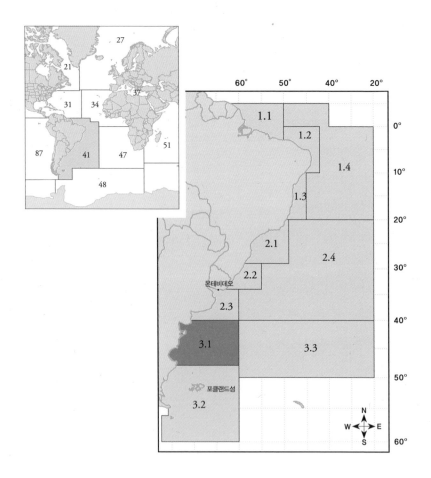

○ 선명 : 77 오양(77 OYANG)

○ 콜 사인 : 6NBG

○ 선적항船籍港 : BUSAN

○ 타입 : 트롤 어선(선미식)

○ 총톤수 : 899.12톤

○ 전장 : 66.2미터

○ 선폭 :10.8미터

○ 추진기관 : 디젤엔진 2,100마력(HP)

○ 어창 용적 : 831㎥

○ 흘수DRAFT : 7.0미터

○ 선원 : 45명(한국 10명, 인도네시아 18명, 필리핀 16명, 중국 교포 1명)

◆ ◆ ◆ 최희철 옵서버 일정 ◆ ◆ ◆

조사 목적 : FAO-41 해구 공해상 트롤 조업 과학 조사

조사 기간 : 2016년 4월 3일 ~ 2016년 6월 30일(89일간)

날짜	활동 내용
2016년 3월 21일	김해공항 인천공항 프랑크푸르트공항
2016년 3월 22일	브라질 상파울루공항 우루과이 몬테비데오공항 통선 '케니넥(KENINEK)호'로 운반선까지 이동 몬테비데오 외항에서 운반선 '따간요그스키 잘리프(TAGANROGSKIY ZALIV)호' 승선
2016년 3월 23일 ~ 3월 24일	선저 점검 후 이동
2016년 3월 25일 ~3월 26일	'따간요그스키 잘리프호'에서 대기
2016년 3월 27일	어장 근처로 이동
2016년 3월 28일	운반선 '파먀띠 일리치(PAMYAT ILICHA)호'로 전선
2016년 3월 29일 ~3월 30일	'파먀띠 일리치호'에서 대기
2016년 3월 31일	트롤선 '아그네스 5호'로 전선
2016년 4월 1일	아그네스 5호에서 대기
2016년 4월 2일	탱커 '씨 프로스트(SEA FROST)호'로 전선 '제77 오양호' 승선
2016년 4월 3일	과학 조사 시작
2016년 6월 26일	과학 조사 끝, 현장발
2016년 6월 30일	몬테비데오 외항 묘박
2016년 7월 1일	몬테비데오항 안벽 계류
2016년 7월 2일	몬테비데오 홀리데이인 호텔
2016년 7월 7일	우루과이 몬테비데오공항 브라질 상파울루공항 프랑스 파리공항
2016년 7월 8일	인천공항 김해공항 도착

우리는 그렇게 포클랜드 어장에 '옹기종기' 모여 조업을 일삼았다.

사소하고도 행복한 대화를 나누면서…

항적航跡은 곧 지워지겠지만

그 흔적은 '기억의 원뿔' 속에 차곡차곡 쌓였다.

나는 옵서버다

생명체는 먹고사는 문제에 집중한다. 인간이 바다로 나간 것 역시 마찬가지 이유였다. 하지만 인간이 먼바다로 나간 역사는 그리 길지 않다. 먼바다로 나간 가장 큰 이유는 '금'이었다. 금은 곧 (일반적 등가물로서) '돈'이다. 원양어업도 그 연장선상에 있으며, 나 역시 돈을 벌기 위해 1983년부터 7년 정도 원양어선을 탔다. 그곳에서 생명체를 포획하고 상품화하는 일을 했다. 그때는 원양어선의 무지막지한 그물이 바다(자연)에게 무슨 일을 하는지 잘 몰랐다. 그저 나의 젊음이 가없는 바다 위에 둥둥 떠 있는 게 안타까워 벗어나고 싶었을 뿐이다. 나를 중심으로 바다, 즉 세계를 본 셈이다.

오랜 시간이 흘러 원양어업에 대한 기억이 가물가물해진 2016년에 '어업 옵서버'로서 다시 원양어선을 타게 되었다. 그렇게 다시 경험한 바다가 '포클랜드 41 해구 공해公海 트롤 어장'이다. 아르헨티나 배타적경제수역EEZ (exclusive economic zone) 바깥의 공해 어장, 그러니까 아르헨티나에서 200마일(해리海里·nautical mile, 1마일은 1852미터) 밖의 해역이다. 통칭 '포클랜드Falkland 어장'이라고 하지만, 실제 포클랜드섬 근처에서 조업하는 것은 아니다. 정확한 명칭은 'FAO-041 해구'(혹은 섹터 3.1 해역)이다. 전 세계 공해에서 '저층 트롤어선'이 조업할 만한 해역은 몇 군데 없는데 포클랜드 어장이 그중 하나다.

옵서버는 원양어선에 승선하여 '생물학적 자료를 관찰하고 기록'하는 일을 하는 사람이다. |사진 1| 중간적 관찰자로서 '착한 어업'의 의지를 나타내는 상징이자, 지속가능한 어업의 가능성을 높이는 '현장인'이다. 전반적인 어로 행위를 관찰하는 동시에 VMEvulnerable marine ecosystem(취약해양생태계), 바닷새, 해양포유류 등을 관찰하고 측정하며 샘플을 모으기도 한다.

옵서버 역시 직업이니 돈을 벌 목적으로 하는 일이라고 할 수 있다. 다만 예전에 선원으로 배를 탔을 때와 달라진 것이 있다면 어획물을 포획하고 상품화하는 과정에 직접 뛰어들지 않는다는 것뿐이다. 완벽하지는 않지만 원양어업과 바다생태계의 중간자적 위치에 있는 옵서버의 눈으로 보니 원양어업과 바다가 다시 보였다. 인간에게 바다가 단순한 '자원'이 될 수 없다는 것, 바다 생명체들의 '먹고 사는 일'이 지속가능해야 한다는 것 등 말이다.

모순처럼 여겨지지만 삶의 현장은 대체로 이런 모순들이 가득하고, 그 모순을 해결하는 과정이 바로 우리가 살아가는 모습이다. 우리의 삶은 좋고 나쁨, 안타까움과 즐거움 등이 늘 뒤섞여 있다. 그걸 헤쳐 나가려면 고단하기도 하지만 그나마 나 혼자 감당해야 하는 상황은 아니라는 것이 다행이랄까. 모두 함께해야 하는 것이다! 그래서 삶은 대단히 거칠어도 무섭지 않은가 보다.

바다에 떠 있는 원양어선에서 일어나는 일들은 '잡어雜魚적 사건'이라고 할 수 있다. 육지에서 내몰리듯 몰려나온 온갖 잡놈들과 바다에 서식하는 잡어들 간의 투쟁! 그런 잡어들의 만남은 늘 있어 왔고, 그 부딪히는 지점에 옵서버가 있다.

| 사진 1 |

　엄밀하게 말해 옵서버는 완벽한 중간자적 존재, 즉 해당 선사船社에 대해 객관적인 존재는 아니다. 임금 절반을 선사들의 연합체인 '원양협회'가 부담하기 때문이다. 나머지 절반은 국가(해당 관청인 해양수산부)가 부담한다. 옵서버의 객관성을 확보하기 위해 선사가 부담하는 옵서버 임금 비율을 줄이고, 또 해당 관청에서 지원금 명목으로 선사 지급분을 보전해 주는 등의 노력이 이루어지고 있다. 어쨌든 옵서버는 완벽한 감시자가 아닌데 감시자로 인식되거나 생물학적 전문가가 아닌데 전문가로 오해받는 경우가 많다. 감시 역할을 하지 않는 것은 아니지만 옵서버의 주요 업무는 자원의 지속가능성

을 유지하기 위해 현장에서 관찰, 측정하는 일이다.

　중요한 것은 이런 노력들이 다른 분야의 노력과 함께 어우러져야 좋은 세상을 만들 수 있다는 사실이다. 각자 처한 상황에서 열심히 하는 것도 중요하지만, 그 결과들을 공유해야 한다는 말이다. 이 글 또한 그런 노력 중 하나라고 할 수 있다. 바다와 바다에서 일하는 사람들의 현재 상황을 가감 없이 공유하고, 우리가 그동안 해 온 일들이 무엇이며 또 함께 해야 할 일이 무엇인지 생각해 보는 것 말이다.

81년의 선원수첩과 16년의 선원수첩

1981년 실습선을 타기 위해 처음 '선원수첩'을 발급받았다. 그리고 2016년 옵서버로 승선하면서 다시 선원수첩을 발급받았다. |사진 2| 예전에 일부 선원들은 선원수첩을 발급받는 데만도 웃돈을 줘야 했다고 하는데, 2016년엔 당일 발급에 비용도 1천 원밖에 들지 않았다. 세상이 참 많이 변했다.

차이와 반복. 흔히 '동일성이 일정한 간격으로 출몰하는 것'을 반복이라고 하는데, 그것은 반복이 아니다. 동일성의 특징은 '반복하지 않는'다는 것이다. 오직 차이만 반복된다. 선원수첩도 그렇다. 1981년의 선원수첩과 2016년의 선원수첩은 차이의 반복이다. 차이란 반복을 가능케 하는 것이기에, 사실 차이와 반복은 같은 것이다. 즉, 어떤 것이 반복한다는 것은 차이를 갖고 있기 때문이다. 삶은 끝없이 차이가 반복되는 것이다.

차이는 어떻게 생기는 것일까? 혼자 살지 않고 주변과 함께 살기에 차이가 생긴다. 혼자 산다면 차이는 생기지 않는다. 가령 우주 속에 오직 자신만 있다고 상상해 보라. 무슨 사건이 생기겠는가? 사건이 생기지 않는다면 좋고 나쁨이라는 가치관은 또 어떻게 생길 수 있겠는가? 하여 어떠한 운동도 있을 수 없다. 어떤 사건이 생기는 것은 우리가 늘 우리가 아닌 타자들과 함께 살고 있기 때문이다. 그런

| 사진 2 |

데 우리뿐 아니라 타자들도 늘 변한다. 그러므로 늘 새로운 사건이 생기는 것이다.

1981년 선원수첩이 아니라 2016년 선원수첩을 다시 갖게 된 것은 1981년에 대하여 '새로움'이 생긴 것이다. 1981년으로부터 '새로움'이 생기지 않았다면 2016년은 오지도 않았을 것이며 2016년 선원수첩도 없었을 것이다. 당연히 새로운 선원수첩은 1981년 선원수첩과는 다른 의미를 갖고 또 다르게 작동할 것이다. 즉, 새로운 세계로 뛰어들었으며 새롭게 살아갈 세상이 펼쳐졌다는 것이다.

그게 우리가 살아가는 방식이다. 차이가 발생하고 그 차이가 새로운 삶을 반복 가능하게 한다. 원양어업도 마찬가지다. 오래전 우리의 원양어업은 남태평양 연승延繩어업으로 시작하여 수많은 차이의 반복을 겪으며 여기까지 왔다. 그리고 앞으로도 차이를 생산하면서 계속될 것이다. 그러므로 차이를 제거해 버린 '과거의 동일성'

에 묶여 있으면 안 된다. 동일성에 묶여 있으면 살아가면서도 즐거움을 느끼지 못하고 어디엔가 묶인 듯한 삶을 살아가게 된다. '차이와 반복'의 관점에서 볼 때 그것은 사는 게 아니다. 하지만 우린 늘 동일성의 유혹을 받는다. 차이가 중요하다고 생각하면서도 동일성으로 기울어져 가는 자신을 발견하고 깜짝 놀라곤 한다.

2016년 선원수첩이 새로운 세상을 열고 삶을 반복시켜 주리라 믿는다. 그게 비록 낯설지라도 두려워해서는 안 된다. 나 혼자만의 낯섦이 아니기 때문이다. 살아 있는 존재라면 모두 낯섦과 만나 차이를 생산하며 살아간다. 중요한 것은 차이만이 반복, 즉 삶을 가능하게 한다는 것을 주문처럼 외우는 것이다.

바다생태계의 타자他者, 취약해양생태계

바다생태계의 타자他者라고 할 수 있는 VME(취약해양생태계)이다. |사진 3| VME는 모두 코드로 분류되고 기록된다. 산호·해면海綿·조개·해초·강장동물 등인데, 그들에게 구체적인 이름을 부여할 수 없어 미안한 마음이 들기도 한다.

포클랜드 어장에서는 옵서버가 관찰하는 '방T/N'(Trawl No, 어선에서 한 번 그물을 던져 거두어 올리는 것까지를 가리키는 용어. 조업 단위)마다 VME의 무게와 개수를 전량 조사한다. 하지만 양이 엄청나게 많거나 피시본드fishpond('피쉬폰드'의 일본식 발음. 어획물을 맨 처음 임시로 붓는 곳)에서 나오는 컨베이어 속도가 빠르면 전량 조사가 거의 불가능하다. 그럴 땐 하는 수 없이 부분 조사를 하여 전체로 환산한다.

오징어나 로리고loligo(꼴뚜기) 어장엔 VME가 거의 없었으나 가오리 어장에서는 VME의 종류도 다양하고 양도 아주 많았다. 가오리 어장은 여러가지 이유로 어선들이 조업을 잘 하지 않는 곳이라서 VME가 더 많았던 것 같다. 너무 양이 많아 개수를 세는 것 자체가 힘들고, 성체成體 단위로 세어야 하는데 그물에 걸려 올라오면서 부서지는 개체들도 많아 성체 구분이 잘 안 되는 등 어려움이 많았다. 게다가 아주 작은 개체는 컨베이어를 타고 지나갈 때 옵서버에게 발

| 사진 3 |

견되지 않을 수도 있다. 그래도 어떤 어장에서 어떤 VME가 많이 올라오는지를 조사하고, 만약 대량으로 어획되어 폐기된다면 그런 것들 때문에 해양생태계의 근간이 흔들리고 있다는 사실을 알리는 것이 중요하다.

VME는 바다생태계의 '기준'이라고 할 수 있다. VME가 무너지면 바다생태계도 위태롭다. 그래서 다들 한목소리로 '보호'해야 한다고 말한다. 하지만 '보호'해야 한다는 관점조차 뛰어넘어야 하지 않을까? 자연은 인간이 대상화하여 파괴할 대상도 '보호해야 할' 대상도 아니다. 인간이 포함된 것이 자연인데 어찌 인간이 자연을 보호할 수 있단 말인가? 인간이 자연을 보호해야 한다는 관점은 자연 밖에서 자연을 바라보는(관조하는) 관점으로, 자연을 대상화하는 관점과 다르지 않다. 보호와 공존은 다르다.

흔히 '남을 사랑해야 한다'고 말한다. '남', 즉 타자란 무엇(누구)인가? 타자가 규정되지 않으면 발견될 수 없고, 결국 타자를 사랑할 수 없을 것이다. 타자를 '자신'이라고 생각하는 사람은 거의 없겠지만 타자를 '우리'라고 착각하는 사람은 부지기수다. 우리는 타자가 아니다. '우리'는 자신이 변형 확대된 것일 뿐이다. 우린 '우리'를 사랑하는 것을 '타자'를 사랑하는 것으로 착각할 때가 너무 많다. '우리'는 나쁘게 말하면 패거리다. 패거리끼리 패거리의 구성원을 사랑하는 것이다. 패거리는 중심 권력에 뭉쳐 있는 집단이다. '우리'는 타자의 특징인 '차이'를 갖고 있는 게 아니라 '동일성'으로 뭉쳐 있다. 동일성은 권력이고 그 권력이 상대적으로 작다고 면책되는 것은 아니다. 우리 가족부터 시작해서 우리 민족, 계급, 성性, 지연, 혈연 등 끝이 없다.

　타자는 자신은 물론 우리도 아닌 것이다. 그러므로 선행되어야
할 것이 '타자의 발견'이다. 하지만 타자를 발견하는 것은 매우 어렵
다. 잘 보이지 않는 게 타자의 특성이기도 하기 때문이다. 그럼에도
그들을 발견하려고 노력해야 하고, 발견했다면 사랑해야 한다.

　VME는 어업 종사자들에겐 타자에 속하는 것들이다. 그들을 사
랑하는 것은 참으로 어려운 일이다. 인간도 아니고 상품이 되는 것
도 아니라서 말이다. 하지만 그들이 우리의 삶과 연약하지만 결코
끊을 수 없는 끈으로 이어져 있다는 사실을 알게 된다면 달라지지
않을까? 적어도 그들이 우리를 귀찮게 하는 단순한 오물들이 아님
을 알게 되면, 그동안 쉽게 풀리지 않았던 문제들 중 몇 개가 그렇게
해결 불가능한 문제가 아님을 깨닫게 될 것이다.

따뜻한 러시아 선원들

러시아 운반선 '따간요그스키 잘리프(TAGANROGSKIY ZALIV)호'이다.|사진4| 1만 톤급이며 선원들은 모두 러시아 사람들이다. 도스토옙스키 소설을 읽을 때부터 느낀 것이지만, 서양인들 이름은 기억하기가 참 어려운데 그중에서도 러시아가 최악(?)이다. 역시나 친절을 베풀어 준 선장, 1항사, 3항사 등의 이름을 하나도 외우지 못했다.

러시아는 땅덩어리가 커서 그런지 한 배의 선원들을 모두 한 지방 사람으로 채우는 경우가 많다고 한다. 그러면 식성뿐 아니라 풍습이나 언어 심지어 생각하는 것도 비슷하니 싸움 등 큰 사고가 일어날 확률이 낮아진다는 것이다. 우리 식으로 말하면 부산 사람, 광주 사람 이렇게 선원들을 구성하는 셈인데, 어쩌면 그보다 더 좁은 범위일지도 모르겠다. 그냥 동네 사람들일 수도 있다. 우리도 예전에 한 동네 사람들끼리 알음알음으로 배를 탄 적이 있으니까. 어쨌든 그 때문인지 같은 러시아 배라고 해도 배가 바뀌면 사람들의 생김새나 음식이 크게 달라지는 것을 경험했다.

2016년 3월 21일 출국하여 우루과이 몬테비데오에서 러시아 운반선에 승선했다가 조업선으로 넘어가기까지 보름이나 걸렸다. 그동안 러시아 운반선 2척과 탱커(러시아) 그리고 한국 조업선 등에 잠시 머물렀다. 고맙게도 모두 친절하게 대해 주어, 낯설어도 말이 잘 안

통해도 따뜻한 분위기를 느낄 수 있었다. 이런 풍습이 널리 전염되면 좋겠다.

러시아 배에서 인상 깊었던 것 중 하나는, 선장이 하루에 담배를 다섯 갑이나 태우는 것이었다. 밥 먹을 때와 잘 때 빼고는 늘 담배를 손가락에 끼우고 있다고 했는데, 정말 그랬다. 걱정이 되어 물으니

| 사진 4 |

괜찮다고 한다. 선장은 나와 동갑이고 초사(chief officer의 일본식 발음, 1항사)는 선장보다 두 살이 많았다. 초사는 담배를 일체 피우지 않고 혈액순환을 위해 늘 손에 호두 두 알을 쥐고 돌렸다.

러시아 운반선의 또 하나 특징은, 전 선원이 술을 일체 마시지 않는다는 것이었다. 배 나올 때 계약서에 서명했다고 한다. 러시아 음식을 삼시 세끼 먹으려니까 처음엔 느끼해서 힘들었지만 그런대로 적응이 되었고, 나중에 조업선에 돌아와서는 오히려 러시아 음식이 그리웠다.

러시아 배마다 조금씩 달랐지만 따간요그스키 잘리프호에서는 사관과 선원의 구별이 없었다. 사관들만 식사하는 공간(일명 '싸롱')이 따로 분리되어 있지도 않았고, 사관들의 음식을 챙겨 주는 별도의 조리원('싸롱보이')도 두지 않았다. 선장을 포함한 모든 선원들이 주방 입구에서 직접 음식이 담긴 그릇을 가져갔고, 다 먹고 난 뒤에도 자신이 먹은 그릇을 그 자리에 갖다 놓았다. 식사 시간도 따로 알려 주는 게 아니라 정해 놓은 시간 동안 스스로 알아서 먹었다. 3항사와 2기사는 20대였는데, 모두 바다 관련 학교를 졸업한 사람들이었다. 그들은 한국에 관심이 많아서 내 방으로 놀러와 함께 서로의 사진을 함께 보며 즐거운 시간을 보냈다.

오래전 배에서 내린 후 27년간 육지에서 살다가 새로운 세상, 바다로 나가는 입구에서 만난 사람들이 따뜻해서 참 좋았다.

트롤어선을 소개합니다

'포클랜드 어장'에서 조업하는 저층 트롤어선의 갑판 선원들 모습이다. |사진 5| 저층 트롤어선은 그물을 바닷속, 곧 해저海底에서 끌고 다니면서 조업하는 어선이다. 트롤trawl은 '끌다'라는 뜻이 있다. 더 정확하게는 '선미식船尾式 저층 트롤어선'인데, 요즈음은 대부분 선

| 사진 5 |

| 사진 6 |

미식이어서 '선미식'이라는 용어는 생략한다. 선미식 외에 옆구리로 그물을 올리고 내리는 '사이드side트롤'이 있는데 소형 어선에서만 사용한다. 하지만 사이드트롤도 그물을 끌고 다닐 때는 선미 쪽에서 끌고 다닌다.

저층이 아니라 중층中層에 서식하는 어종을 목표 어종으로 조업하는 '중층 트롤어선'은 북태평양 공해 어장 등에서 명태를 잡는다. 하지만 중층어선과 저층어선이 따로 있는 것은 아니며, 똑같은 배로 어장이나 어종의 상황에 따라 중층이나 저층으로 바뀌기도 한다.

방금 양망揚網(그물을 갑판으로 올리는 것)이 끝난 트롤그물 끝자루에서 선원들이 장어(알젠틴붕장어)를 빼내고 있다. |사진6| 포클랜드 어장에서 장어는 상품성이 없는 어종이다. 그래서 대부분의 어선들은 올라온 장어를 제품화하지 않는다. 처음부터 아예 장어가 잡히지 않도록 끝자루의 망목網目(그물코)이 큰 것을 쓰는 어선도 있다. 다만, 특정 회사가 특정 시기에 장어를 제품화하기도 했는데 모두 사료용으로 판매된다고 한다.

장어가 어획되면 대부분 상갑판 아래쪽의 피시본드에 붓고 이렇게 그물코에 끼어 있는 것을 모두 일일이 손으로 빼내야 한다. 보통 한두 시간 정도 걸리는 작업으로 선원들에게 꽤 고된 일이다. 그물코에 끼인 것만도 족히 300팬(1팬 무게는 18~22킬로그램) 이상은 될 것이다.

갑판부와 처리부로 나뉘어져 있는 노동조건 속에서 장어가 많이 올라오면 갑판부원은 말할 것도 없고 처리부원도 힘들다. 장어의 몸에서 나오는 진득한 진액 때문에 갑판에서 미끄러지는 사고를 당하기도 하고, 추운 겨울에는 갑판에서 오랫동안 파도와 바람을 맞으면서 작업을 해야 하므로 녹록지 않은 일이다.

처리 작업도 쉽지 않다. 장어는 오랜 시간 잘 죽지 않고 꿈틀거리기에 팬에 가지런히 담기가 여간 어려운 게 아니다. 뱀처럼 온갖 틈 사이를 이리저리 빠져나가서 처리실 바닥이 온통 꿈틀대는 장어 천지로 변해 버린다. 나중에 그것들을 다 주워 올려 처리를 해야 하므로 손이 많이 간다. 그래서 긴급으로 사용하는 방법 중 하나가 전기 용접기로 충격을 줘서 장어들을 잠시 동안 기절시키는 것이다. 일견 잔인해 보일지 몰라도 빨리 처리하여 급냉시키는 것이 서로 고통을 더는 방법이다.

이 장어의 이름은 정확하게 '알젠틴장어'인데, 우리의 붕장어와 달리 가시가 많아 배에서도 식용으로 이용하지는 않는다.

공해와 배타적경제수역

육지와 마찬가지로 바다에도 구역이 나누어져 있다. |**그림 1**| 아래 해역도(오른쪽)에 구획된 섹터 1.1부터 섹터 3.3까지가 '41 해구'(왼쪽)이고, 섹터 3.2에 보이는 섬이 포클랜드섬이다. 트롤어업이 이루어지는 포클랜드 어장은 섹터 3.1로서, 대서양 남쪽 해역(엄밀하게 말하면 남서대서양)에 위치하고 있음을 알 수 있다. 위치는 남위 41°

|그림 1|

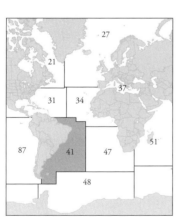

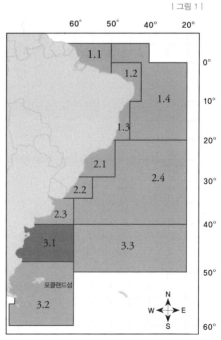

~48°, 서경 62°~56° 범위다.

공해 어장은 배타적경제수역EEZ 바깥이므로, 섹터 3.1이라고 해도 일부는 아르헨티나 경제수역에 포함되어 전체가 공해 어장은 아니다. 예전에는 간혹 영해를 침범하여 조업하는 이른바 '도둑 고기잡이'가 가능했지만, 지금은 모든 배에 GPS가 장착되어 있어 불가능하다. 어선의 위치 정보가 자동으로 관련 기관으로 보고될 뿐 아니라, 어선에서도 의무적으로 조업 현황과 어획물 보유 현황 등을 일간·주간·월간 단위로 보고해야 한다.

아르헨티나 경제수역에서 조업을 하려면 국가끼리 협정을 맺고 허가를 받아 '입어료'를 내야 한다. 하지만 허가를 받아도 막상 어획이 시원찮을 것 같으면 입어를 하지 않는다. 우리나라 어선 중에는 한두 척 정도만 입어할 수 있는 허가권을 갖고 있다고 들었다. 한편 공해 해역에서도 너무 멀리 나가면 조업은 가능하지만 수심이 깊어 트롤어선은 사실상 조업이 불가능하다. 수심 1천 미터 이상에서도 조업이 가능한 저연승어선(낚시를 해저까지 내려 조업하는 어선) 등이 그곳에서 이빨고기 등을 잡는다.

그런데 포클랜드 어장에서 조업하는 어선들 사이에서 앞으로 배타적경제수역의 범위가 더 넓어질 것이라는 말이 돌았다. 소문일 뿐이지만, 만약 배타적경제수역이 200마일이 아니라 250마일이 된다면 트롤어선이 조업할 수 있는 포클랜드 공해 어장은 없어질 것이다. 육지에서 200마일 내 바다의 경제적 권리를 주장하는 것은 해안국들, 특히 강대국들의 과도한 횡포가 아닐까 하는 생각이 들었다. 배타적경제수역을 넓히려 할 때도 강대국들은 처음부터 직접 나서

지 않을 것이다. 일단 다른 해안국들에게 추임새를 넣은 다음, 실행되면 자신들도 어쩔 수 없이 세계적 추세(?)를 따라 넓히겠다고 선포하는 식이 될 것이다.

한데 또 다른 시각, 그러니까 해양생태계 보호 측면에서 보면 이런 조치가 긍정적일 수도 있다. 공해 어장은 주인 없는 바다인 셈이어서 바다생태계를 지속가능하게 보존하기가 매우 어렵다. 공해가 배타적경제수역이 되면 해당국의 규제가 강화되고 적극적으로 관리될 테니, 바다생태계 그리고 바다에서 생활하는 사람들 입장에서 여러 조건들이 나아지는 측면도 있기는 할 것이다.

어선의 선원 구성

상선의 목적이 화물을 실어 나르는 것이라면, 어선의 목적은 어장에서 조업操業하는 것이다. 원양으로 출어하는 원양어선은 어선 중에서도 대형선에 속한다. 하지만 대형선이라고 해도 1만 톤을 넘는 어선은 없다. 보통은 200~5천 톤급이다. 어선이 5천 톤 정도면 대형선 중에서도 대형선으로 직접 조업하는 것은 물론이고 선내에서 가공까지 가능한 공모선工母船이다.

어선에 승선하는 선원은 그 지위에 따라 사관·준사관·선원으로 나뉘며, 업무 영역에 따라서는 크게 항해·기관·통신 부문으로 나뉜다. 첫 번째 항해 부문은 배의 운항(조업)과 갑판에서 일어나는 일을 담당한다. 선장은 배에서 일어나는 일을 총괄하고 책임질 뿐아니라, 항해 부문의 책임자이기도 하다. 항해 부문의 사관은 선장과 항해사로 구성되는데, 법적으로 반드시 의무 승선시켜야 하는 항해사의 수가 배의 크기에 따라 정해져 있다. 가령 400톤급 연승어선(그물 대신 여러 개의 낚시를 던져 조업하는 어선. 주낙(모릿줄)이라 불리는 긴 줄에 일정한 간격으로 아릿줄을 매달고 그 아릿줄의 끝에 낚시와 미끼를 끼워 조업한다. 일명 '마구로 배')은 항해사 면허를 가진 사람이 2명 이상만 승선하면 되므로 면허를 가진 선장과 항해사 1명이면 된다. 좀 더 큰 트롤어선은 면허를 가진 항해사가 3명 이상 승선

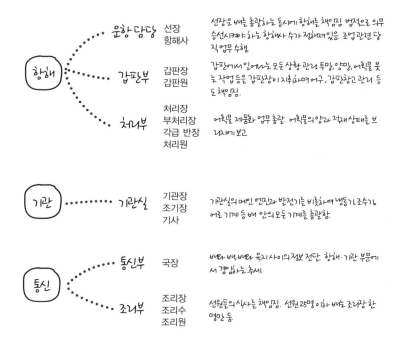

에 포함된 텍스트:

항해

운항담당 — 선장, 항해사
선장은 배를 총괄하는 동시에 항해를 책임짐. 법적으로 의무 승선시켜야 하는 항해사 수가 정해져 있음. 조업 관련 당직 업무 수행

갑판부 — 갑판장, 갑판원
갑판에서 일어나는 모든 상황 관리 투망, 양망, 어획물 붓는 작업 등은 갑판장이 지휘하며 어구, 갑판창고 관리 등도 책임짐.

처리부 — 처리장, 부처리장, 각급 반장, 처리원
어획물 제품화 업무 총괄. 어획물의 양과 적재 상태를 브리지에 보고

기관

기관실 — 기관장, 조기장, 기사
기관실의 메인 엔진과 발전기를 비롯하여 냉동기, 조수기, 여러 기계 등 배 안의 모든 기계를 총괄함.

통신

통신부 — 국장
배와 배, 배와 육지 사이의 정보 전달 항해·기관 부문에서 겸임하는 추세.

조리부 — 조리장, 조리수, 조리원
선원들의 식사를 책임짐. 선원 25명 이하 배도 조리장 한 명만 둠

해야 한다.

항해사는 배에서 직급에 따라 1항사, 2항사, 3항사, 실습항해사 등으로 구성되며, 직급에 맞는 면허 등급을 갖추어야 한다. 흔히 1등 항해사, 2등 항해사⋯ 라고 부르는데 이는 면허의 이름이다.(요즘은 1급 항해사 면허, 2급 항해사 면허⋯라고 한다.) 항해사 면허는 6급 항해사 면허까지 있다. 자동차에서 2종 면허로 운전할 수 있는 차의 종류와 크기가 정해져 있듯 배도 마찬가지다. 연승어선의 경우, 5급 항해사 면허가 있으면 항해사나 선장 직급으로 승선할 수 있다. 하지만 배에서는 면허 종류와 상관없이 배의 형편에 맞게 1항사, 2항사 등과 같이 직급의 이름으로 부른다. 보통 1항사chief officer

는 '초사'(chief officer의 일본식 발음), 선장은 '캡틴captain' 혹은 작은 어선에서는 '스키퍼skipper'라 한다.

원칙적으로 항해 부문 사관들은 각 직급별로 배에서 수행하는 임무가 정해져 있다. 가령 2항사는 '항해를 담당'하는데, 그렇다고 2항사가 항해를 총괄하는 것은 아니고, 선장의 지시에 따라 항해 계기와 해도 그리고 운항 계획 등을 관리하는 것이다. 항해 관련 부문을 책임지는 선장 대리 관리자라고 보면 되겠다.

상선 등에서는 1항사, 2항사, 3항사의 임무가 정확하게 분리되어 있어서 1항사는 화물 담당, 2항사는 항해 담당, 3항사는 잡무를 담당하면서 1항사를 보조한다. 물론 모든 항해사는 선장을 보조해야 하고, 선장은 항해사에게 맡긴 임무 중에서도 직접 챙겨야 할 것은 반드시 그렇게 해야 한다. 가령 안개가 짙게 긴 해역을 항해하거나 협수로 등을 통과할 때 그리고 입·출항할 때는 선장이 직접 '브리지bridge'(선교船橋)에서 운항을 직접 지휘해야 한다.

어선에서도 항해사의 임무는 배의 운항이지만, 실제론 조업과 관련된 당직이 주요 업무다. 대개 1항사와 2항사가 6시간 혹은 12시간씩 맞교대를 하고 선장은 2항사 시간에 브리지에 올라와 조업 현황을 살피는 형식이지만, 실제 조업 당직은 1항사와 선장이고 2항사는 선장을 보조하는 형태가 일반적이다. 이때 3항사 역시 브리지에서 상급자를 보조한다. 일종의 책임당직자, 보조당직자 개념이다. 책임당직자는 조업과 관련된 명령과 책임을 동시에 지고, 보조당직자는 브리지와 처리실을 왔다 갔다 하면서 어획물의 처리 상황 등을 브리지에 보고하거나 책임당직자가 내린 조타 명령과 엔진 명령을 수행하는 등의 보조 업무와 그외 여러 가지 잡일 등을 맡는다. 1항사는 주로 야간 조업을 담당한다. 그래서 야간 조업 책임자라는 의미로 '야전사령관'이라는 별칭으로 불린다.

항해 부문에는 갑판과 처리실 업무도 포함된다. 갑판 일은 갑판장boatswain이 갑판deck에서 수행한다. 갑판장은 '보송'(boatswain의 일본식 발음)이라 불린다. 어선의 갑판장은 갑판에서 일어나는 모든 상황뿐 아니라 '어구漁具'에 정통해야 한다. 어구회사에서 제작한 어구를 구매하지만 그것은 기본적인 뼈대이고, 모든 어구의 완성은 어선에서 자체적으로 이루어진다. 갑판장은 선장의 명령에 따라 어구를 만들어 낼 수 있어야 한다. 또한 갑판장은 갑판에서 일어나는 조업과 관련된 여러 상황에 대처하는 데도 정통해야 한다. 트롤어선에선 투망에서부터 양망 그리고 어획물을 처리실에 붓는 과정까지 모두 갑판장의 지휘 아래 이루어진다.

갑판에서 갑판장의 지휘를 따르는 갑판원들도 직급에 따라 1갑원, 2갑원, 갑판원 등으로 구성된다. 1갑원head sailer은 '햇또'(head의 일본식 발음)로 불리며, 갑판장의 지휘에 따라 갑판에서 일어나는 일은 물론 갑판창고deck store 관리 등을 책임진다. 배가 클수록 직책이 세분화된다.

트롤어선에는 어획물의 처리를 담당하는 처리장이 있다. 처리장은 처리실에서 빠르고 효과적으로 어획물을 제품화하는 업무를 담당한다. 다양한 개체와 크기의 어획물을 사이즈에 따라 선별하여 냉동팬에 정확한 무게로 담는 작업, 팬에 담은 어획물을 냉동시키는 작업, 냉동된 어획물을 포장하는 작업, 포장된 어획물을 어창에 적재하는 작업을 관리한다. 그리고 매일 어획된 어획물의 양와 적재 상태를 브리지에 보고하여 어획물을 전재轉載(운반선으로 넘기는 것) 하거나 하역할 때를 대비한다. 처리장의 지휘를 받는 부처리장, 각 급 반장(나열반장·급냉반장·어창반장 등), 그와 관련된 부서의 처리부원 등을 두기도 한다.

두 번째 기관 부문은 기관장을 비롯하여 1기사, 2기사, 실습기관사 등으로 이루어진다. 기관장은 선장과 동일한 직급이라고 할 수 있으나, 배가 바다에서 운항되는 만큼 전체적으론 선장의 명령에 따른다. 엔진이 사람의 심장이라면 브리지는 뇌에 해당한다고 볼 수 있겠다. 대형 상선은 기관장과 선장이 임금이나 대우 면에서 거의 동일하지만, 어선은 차이가 많이 난다. 어선은 선장 중심으로 선원이 구성되고 임금 책정(성과급 분배 등)에 선장의 입김이 강하게 작용하므로, 선장이 기관장에 대하여 위계적 우위를 차지한다.

기관실은 여러 가지 기관(기계 시스템)들로 구성되어 있다. 크게 보면 '주기'(주요 기계)인 메인 엔진과 '보기'(보조 기계)인 발전기가 있고, 그 외에 어획물을 얼리는 냉동기, 해수를 청수(담수)로 만드는 조수기, 그리고 갑판의 여러 기계와 어로기계 등이 있다. 항해 부문과 마찬가지로 기관 부문도 1기사·2기사·3기사 등이 기계들을 나누어 관리하고 기관장이 기관실의 모든 일을 지휘하는데, 기관장과 기관사관 아래 갑판부의 갑판장과 같은 직급인 '조기장No1 oiler' 을 둔다. '남방'(No1의 일본식 발음)이라고 불리는 조기장은 '면허 없는 기관장'이라고 할 정도로 기관실 업무에 정통해야 한다. 큰 어선에는 냉동기를 관리하는 냉동사, 전기나 전자 관련 업무를 담당하는 직급도 따로 두지만 요즘은 거의 사라져 가는 추세다.

세 번째 통신 부문은 배와 배 사이 그리고 배와 육지 사이의 정보 전달을 담당한다. 예전에는 모든 배에 '국장'이라 불리는 통신장이 승선했지만, 요즘은 항해 및 기관 부문에 통신 관련 면허를 취득하는 사관들이 많아서 점점 국장을 승선시키지 않는 추세다. 그래도 어황방송을 자주 하는 연승어선에서는 아직도 다수의 배들이 국장을 승선시키고 있다. 하지만 전문 교육기관(가령 수산고등학교) 등에서 통신사를 배출하는 학과가 사라져 버려, 현재 활동하는 국장들은 대개 60~70세로 고령화되어 있다. 통신기기와 인터넷의 발달로 통신이 전문 영역이라기보다는 일상 영역이 되어 버린 게 이유일 것이다. 예전엔 실습통신사도 있었지만 지금은 대부분 국장 한 명뿐이다. 그러다 보니 '통사부'라고 해서 통신 부문과 조리부를 합해 하나의 부서로 다루기도 한다.

조리부는 대개 1~3명으로 구성되는데 배의 크기에 따라 다르다. 선원이 40명 이상 되는 트롤어선에는 3명 정도의 조리부원이 있어서 조리장·조리수·조리원 등으로 구성되지만, 선원 25명 이하 어선은 조리장뿐이다. 조리장은 '주자'라고 불리며, 간혹 불을 다룬다고 해서 '화장火帳'으로도 불린다. 조리장이 한 명일 때는 조리장이 선원들의 식사는 물론 사관의 식사를 담당하고, 조리부가 여럿이면 사관을 담당하는 조리부원을 따로 둔다. 조리부원은 하는 일이 특별한 변화 없이 평탄할 것 같지만 날씨가 좋으나 나쁘나 음식을 만들고 차려야 하기 때문에 결코 쉽지 않은 부서이다.

1980년 이전에 북태평양 트롤어선은 크기도 1천 톤이 넘고 선원들도 60~200명 정도 되었는데, 그때는 '위생사'라는 직급이 있었다. 위생사는 선박 위생 교육을 이수하고 선원들의 간단한 건강 관리, 위급한 사고가 발생했을 때 상황이 악화되지 않도록 처치하는 역할을 담당했다. 요즘에는 항해사가 맡는다. 위생 담당 항해사는 간단한 약(의사의 처방 없이 판매하는 일반의약품) 처방부터 주사를 놓거나 찢어진 곳을 봉합하는 기술 정도는 갖고 있다.

전체적으로 사관에는 선장을 포함한 항해사관, 기관장을 포함한 기관사관 그리고 국장이 포함되며, 준사관에는 갑판장·처리장·조기장·조리장·냉동사·전기사·전자사 등이 포함된다. 현재 한국 원양어선은 사관과 준사관은 한국 선원, 그 외 직급은 거의 대부분 외국 선원들로 구성되어 있다. 400톤급 어선은 선장·기관장·1항사·1기사·국장 정도만 한국 선원이고, 2항사와 2기사에 해당하는 일은 외국 선원이 담당한다. 1항사·1기사도 한국 선원이 점점 감소하여 곧 외국 선원들로 교체될 가능성이 높다. 동남아 등지에서 해기사(항해사·기관사·통신사 등을 총괄하는 명칭) 관련 단기 교육과정을 거친 외국 선원들이 서서히 몰려오고 있는 중이다.

원양어선에서 외국 선원의 비중이 높아지는 데에는 여러 이유가 있겠지만, 크게 보면 자본이 이익을 극대화하는 과정에서 벌어지는 현상이라고 할 수 있겠다. 원양어선의 노동조건이 점점 더 열악해지면서 이미 오래전부터 한국 선원들이 원양어선 승선을 회피하기 시작했다. 그 '열악함'이란 육지와의 먼 거리와 단절의 문제, 노동시간 및 강도의 문제, 바다의 위험성, 그리고 노동조건에 비해 턱없이 낮은 임금 등이다. 자본은 이런 문제에 직면하여 노동자들을 분리하여 관리함으로써 부족한 한국 선원 수급 문제와 임금 문제를 동시에 해결하고 있다.

1차 산업에 해당하는 원양어업이 우리 사회에 반드시 필요하다면, 이런 문제를 원양선사와 선원들에게만 맡겨 놓을 게 아니라 국가가 개입하여 개선하고 궁극적으론 해결해야 하지 않을까? 국가가 직접 나서서 노동조건을 개선하고 보조금 지급 등 임금 문제 해결을 위한 정책을 실행해야 할 것이다. 선원들이 노령화되고 그 자리를 외국 선원들이 채운다는 것은 결국 우리 원양어업이 쇠퇴해 가고 있음을 뜻한다. 특히 원양어선의 노령화는 수익 문제를 떠나 산업재해의 위험성을 상시적으로 만들어 내고 있다는 점에서 대책 마련이 시급하다.

우리의 일상적 먹거리인 원양어업의 어획물들이 질 낮은 노동조건과 위험성 속에서 생산되고 있다는 사실은, 원양어업에 종사하는 모든 주체뿐 아니라 소비하는 소비자들에게도 안타까움과 불편함을 넘어 죄책감을 안겨 주는 일 아닐까?

하루 네 끼 준비하는 다국적 식당부원들

주방에서 일하는 식당부원들이다. | 사진 7 | 조리장('주자'로 불린다)은 조선족인데 사진 찍는 걸 싫어해서 조리수와 조리원만 찍었다. 식당에서 사관들이 식사하는 곳을 '싸롱'이라 하고, 그곳을 담당하는 조리원도 싸롱이라고 부른다. '싸롱'은 조리부에서 가장 직급이 낮거나 어린 사람이 담당하기 때문에 '싸롱보이'라고 부르기도 한다.

앞에 있는 사람은 인도네시아인으로 이름이 '새우'다.(먹는 새우가 아니다. 우리말 '새우'는 인도네시아 말로 '우당'이라고 한다) 뒤에 있는 사람은 새우보다 직급이 높은 조리수로 필리핀 사람이고 이름은 '다노'다. 조리수가 조리원보다 직급이 높지만 외국인 노동자들 사이에선 직급의 높고 낮음이 그렇게 중요한 것 같지 않았다.

알다시피 무슬림은 돼지고기를 먹지 않는다. 그래서 무슬림이 대부분인 인도네시아 사람들은 돼지고기가 나올 때면 닭고기 등을 먹곤 했다. 최근에 안 것이지만, 무슬림들은 육류 섭취에 매우 엄격한 기준을 갖고 있다. 돼지고기뿐 아니라 육식동물의 고기는 먹지 않으며 '신성한 방법'으로 도살屠殺되지 않은 육류도 먹지 않는다. 신성한 방법이란 도살 과정이 신의 관장 아래 (고통을 덜 주기 위해) 최대한 빠른 방법으로 이루어져야 한다는 등의 조건을 뜻한다. 그런 음식을 '할랄 음식halal food'이라고 한다.

이슬람은 우리에게 낯설고 왜곡되게 알려진 종교이다. 그들은 유대교·기독교와 동일한 신을 믿는데, 어떤 측면에선 가장 순수하게 신을 모시는 사람들이라는 생각이 든다. 다른 사람들에게 자신의 신을 믿으라고 전도(사실은 강요)하지 않는 것도 이슬람의 특징이다. 사실 자신이 믿는 신을 다른 사람들에게 믿으라고 전도하는 종

| 사진 7 |

교는 그리 흔하지 않다. 그것은 자신이 믿어 의심치 않는 신을 믿으라는 게 아니라, 자신이 속해 있는 '종교제도'를 받아들이라는 강요와 다를 바 없다.

인도네시아 사람은 무슬림이 많고, 필리핀 사람은 가톨릭이 많지만, 그들이 종교적 문제로 다투는 것을 한 번도 본 적이 없다. 종교가 다르다고 해서 서로가 기대고 있는 신 혹은 종교적 신념을 부정하거나 폄하할 필요는 없다. 실제로 자신이 얼마나 신앙에 부합하는 '착한 삶'을 사느냐가 종교의 관건 아닐까. 스스로 착한 삶을 살아가려고 노력하고 있다면 자신과 다른 방식으로 착한 삶을 살아가는 것에 방법이 다르다는 이유로 간섭하거나 혹은 자신의 방법이 유일하다고 말할 수 없을 것이다.

풍성한 식탁이다. |사진 8·9| 바다가 준 선물 덕분이다. 바다에서 직접 얻은 것을 빼면 썩 훌륭하다고 보긴 어렵지만. 가령 콩나물, 우거지, 버섯, 두부, 브로콜리 등 많은 것들이 통조림 음식이다. 과일이나 채소는 보관 기간 문제 때문에 늘 먹을 수 있는 것은 아니다. 다행히 좋아하는 해산물, 특히 이빨고기(메로) 회와 새우 그리고 생선구이 등은 실컷 먹을 수 있었다. 육류도 많이 먹는 편이다. 아무래도 보관하기 편하기 때문일 것이다.

트롤어선에서 식사는 하루 네 끼로 이루어진다. 가장 한산한 시간이 아침이다. 아침 먹는 사람은 별로 없다. 점심과 저녁이 하이라이트고 야식을 먹는다. 하루 네 끼를 다 챙겨 먹는 사람도 있지만 대부분 하루 세 끼만 먹는다. 아침 메뉴는 거의 고정이고, 점심과 저녁식단은 돌아가며 바뀌고, 야식은 주로 면 종류다. 국수와 라면 그리

| 사진 8 |　　　　　　　　　　　　　　　　　　　　　　　　| 사진 9 |

고 자장면인데, 라면이라도 낙지가 들어간 해물라면 같은 것은 일품
이다. 내가 승선한 배에서는 야식을 조리장이 담당했는데, 그가 조
선족이라 만주식 요리가 많았다. 대체로 음식에 기름기가 많은 편
이어서, 그걸 싫어하는 사람도 있었다. 가령 국수 같은 것도 잔치국
수처럼 만들지 않고 기름기 많은 돼지고기를 넣어 얼큰하게 만들어
국수를 말아 주는 식이다. 조리장 음식은 굳이 야식이 아니더라도
그런 식의 음식이 많았다. 사진에 보이는 국도 그렇다.

인터넷만 마음껏 써도 좋으련만

사관들이 식사하는 싸롱이다. |사진 10| 전화기 밑이 선장 자리, 맞은편은 기관장 자리다. 사진 속 전화기는 예전에 뉴질랜드 어장에 있을 때 사용했던 것으로, 지금은 바다에서도 항구에서도 쓸 수 없는 무용지물이다. 통신 사정은 배마다 조금씩 다른데, 한국 원양어선은 인터넷이 되지 않는다. 이메일은 가능하다. 이메일은 종량제 요금을 사용하는데 사진이나 그림 파일이 아니라면 웬만한 문서 메일은 정해진 요금제 내에서 충분히 보낼 수 있다. 하지만 보내는 메일뿐 아니라 받는 메일에도 요금이 부과되므로 선내 방화벽에 문제가 있을 경우 스팸메일이 엄청나게 수신돼 요금 폭탄을 맞을 수도 있다. 메일 시스템은 대부분 회사의 공무 연락에만 이용되고 사적으로는 많이 이용하지 않는 편이다. 앞으로 원양어선에도 인터넷이 깔린다고 하니 육지와 격리된 느낌이 획기적으로 줄어들지 않을까 싶다. 전화는 위성을 통해 가능하다. 예전에 비하면 가격도 그리 비싸지 않다. 한 시간에 대략 5만 원 정도이니 핸드폰 요금과 비교하면, 그리고 먼바다임을 감안하면 비싼 편은 아닌 것 같다.

두번째 사진은 선원 식당이다. |사진 11| 맨 앞자리가 한국 선원(준사관)들이 식사하는 곳이고, 다른 좌석은 외국인 선원들의 자리다.

| 사진 10 |

| 사진 11 |

간혹 사관 중에 싸롱이 아니라 이곳에서 준사관들과 식사를 하는 이들도 있었는데, 그게 더 편해서라고 했다. 나(옵서버)도 음식 종류에 따라 때때로 이곳에서 식사를 하곤 했다. 식사하다 보면 함께 밥을 먹는 그룹이 생긴다. 선장은 주로 기관장과, 1항사는 1기사와 함께 식사를 했다.

포클랜드 어장에서 식당 하면 가장 먼저 떠오르는 것은 바퀴벌레다. 주로 작은 바퀴벌레들로, 큰 바퀴벌레는 생태적 지위 싸움에서 작은 것들에게 도태당했는지 한 마리도 볼 수 없었다. 다행히(?) 바퀴벌레는 따뜻한 식당에 몰려 있었기 때문에 침실에는 많이 출몰하지 않았다. 1980년대 인도양 오만 어장에서도 바퀴벌레가 정말 대단했다. 목에 흰 테를 두른 엄지손가락만 한 대형 바퀴벌레가 침실에 출몰하면 무서워서 이불을 덮어 쓰고 숨었던 기억이 난다. 녀석들은 식성도 대단해서 모든 것을 먹어치우고 캡슐 속에 든 감기약까지 털어 먹었다. 무엇보다 가장 무서운 것을 잠잘 때 온몸을 물어뜯는 것이었다. 마치 자기가 이 배에서는 더 선배니까 자리를 좀 비키라고 하는 것 같았다.

고정! VHF 채널 16번

탁송품 받을 일이 있어서 '아그네스 수산' 소속의 '아그네스 5호'와 접선 중이다. |사진 12| 아그네스 5호의 톱 브리지(브리지의 위층)에 붙어 있는 'DTBS4'는 '신호부자', 곧 콜 사인call sign이다. 방송국이나 무선국에서 사용하는 전파 호출 부호로서, 배도 하나의 독립된 전파 기

| 사진 12 |

지국임을 의미한다. 하지만 요즘엔 그저 배의 고유한 식별부호로 쓰이는 경우가 더 많다. 그래서 외부에서 쉽게 알아볼 수 있게 큼지막하게 써서 붙이고 다닌다. 'H', 'D', '6' 등으로 시작하는 것은 모두 한국 배다.

요즘은 모르스morse 부호(모스 부호가 옳은 표기다)를 사용하는 'CW 통신'을 하지 않아서 통신장(국장)이 승선하지 않는 경우가 많다. 대신 다른 사관, 가령 항해사관이나 기관사관이 관련 통신 면허를 취득하면 된다. 내가 승선한 배도 국장이 없었으며 아예 통신실을 없애고 개조하여 사관 침실로 만들어 버렸다.

이처럼 트롤어선엔 국장이 승선하지 않는 경우가 많지만, 그래도 연승어선엔 아직까지 국장이 승선하는 걸 보았다. 연승어선은 트롤어선과 달리 같은 해역에서 조업을 하게 되면 어황방송을 하는데, 그때 자기 배의 위치와 투승投繩 방향 등에 관한 정보를 교환한다. 연승어선에서 국장이 승선하지 않는 곳은 선장이 어황방송에 나온다. 어황방송도 여러 가지다. 학교와 관련된 '동문 어항방송'도 있고 어장에 따른 어황방송, 선사에 따른 '선단 어황방송' 등이 있다. 어황방송에서 어획량을 등을 사실대로 말하는 경우는 거의 없다. 조업 위치 등은 속일 수 없지만 어획 성적은 어쩔 수 없이(?) 속여야 하는 일이 상존하기 때문이다.

최근에는 CW 통신 외에 보이스voice(목소리) 통신 이용이 늘어나서 국장의 필요성이 더 떨어진다. 그래서 그런지 내가 만난 국장들은 최소한 60대 이상이고 70대 국장들도 많았다. 다만 국장이 있으면 통신을 전담할 수 있으니 편리하긴 할 것이다. 보이스 통신에 비

| 사진 13 | | 사진 14 |

해 CW 통신은 먼 거리에서도 가능하다는 장점이 있다.

보이스 통신 중 가장 흔한 것은 'VHF 통신'이다. | 사진 13 · 14 | 주로 단거리용이고 한 배에 여러 대가 있다. 여러 채널 중 16번은 공용채 널이다. 16번은 늘 열어 놓아야 하고 위험 상황을 피하는 목적으로 만 사용된다. 다른 배와 통신하려면 이 채널에서 다른 배를 불러서 다른 채널로 넘어가 통신을 해야 한다. 요즘은 통신기기가 발달하 고 일반화되어 VHF 채널 16번을 열어 놓고 청취하는 게 의무가 아 니라고도 하지만, 그래도 배에선 거의 습관적으로 VHF 16번 채널 은 열어 놓는다.

1980년대 이전에는 채널이 몇 개 없었으나 요즈음 채널이 100개가 넘고, 여러 가지 기능이 있어서 비밀 대화도 나눌 수 있다. 비밀 기능 을 사용하면 다른 사람이 그 채널에 들어와도 개구리 소리만 들릴 뿐 목소리는 들을 수 없다. 북태평양 어장 같은 곳에서 여러 선단들이 뒤섞여 조업할 때는 이런 비밀 채널들이 보안상 필요할 때가 많았다.

하드디스크 좀 빌립시다

컴퓨터, 특히 노트북이 공급되면서 선원들의 놀이문화가 많이 바뀌었다. 1980년대 북태평양 어장에서 선원들은 여가 시간에 자기 방에서 놀지 않았다. 모두 선원 식당으로 나와 바둑, 장기, 화투, 훌라 등의 게임을 하거나 비디오테이프에 녹화된 영화나 TV 프로그램을 시청했다. 아무튼 모두 모여서 놀았다.

하지만 노트북이 일반화되면서 특별히 대화를 나눌 때 빼고는 선원들 모두 자기 침대(침실이 아니다)에서 노트북으로 영화를 보거나 TV 프로그램을 본다. 다 본 하드디스크는 서로 교환한다. 요즘은 디스크 용량이 500기가를 훨씬 넘어 1테라, 2테라급이다. 그러다 보니 신규 선원이 처음 배로 넘어가면 하드디스크 빌려 달라고 하는 게 첫인사가 되어 버렸다. 거기에 각자 보고 싶은 프로그램을 다운받아 보는 것이다. 출항할 때 공사업체와 부식업체 등에서 최신 영화와 TV 프로그램이 저장된 하드디스크를 선물하고, 하드디스크에 동영상을 다운받아 납품하는 사람들도 있다. 하드디스크는 배 안에서 이리저리 돌아다닐 뿐 아니라 배들끼리 교환하기도 한다.

선원들은 침대에 누워 노트북을 시청하려고 발 끝 부위에 거치대를 만든다. |사진 15| 그런데 요즘은 노트북이 아니라 모니터를 사용하는 선원들이 점차 늘어나고 있다. 공항을 이용할 때 운반하기 어려

| 사진 15 |

우니 보통 항구에서 출항하거나 상륙할 때 구입한다. 노트북은 최
소 70만 원 이상인데 모니터는 20만 원 정도면 살 수 있고 화면도 훨
씬 커서 시청용으로는 더 나은 면도 있다. 모니터에는 웬만한 기본
코덱이 다 설치되어 있어서 하드디스크에 저장된 대부분의 동영상
을 재생시킬 수 있다. 특별히 처리해야 할 서류 업무가 없다면 노트
북보다 모니터가 훨씬 더 유익하게 된 것이다.

그물도 렛고, 사람도 렛고

어장에 도착하면 그물을 던진다. 그걸 '투망投網'이라고 한다. 배가 투망 위치에 왔다 싶으면 '브리지'(선교船橋)에서 투망 명령을 내린다. 그때 쓰는 용어가 '렛고let go'다. 그물뿐 아니라 배에서 밖으로 뭔가 보내는 것은 모두 '렛고'라고 한다. 사람이 바다에 들어가는 것도 렛고, 물건을 버리는 것도 렛고, '앵커anchor'(닻)를 놓는 것도 모두 렛고다.

렛고 명령이 떨어지면 속도를 5노트(1노트는 1시간 동안 1해리, 즉 1,852미터를 가는 속도) 정도로 낮추고, 갑판에서 그물의 끝부분, 즉 끝자루를 바다로 던진다. 그물이 바닷속에 조금 잠기면 배의 추진력에 의해 선미에 발생하는 와류(추진류)를 따라 그물이 바닷속으

| 그림 2 |

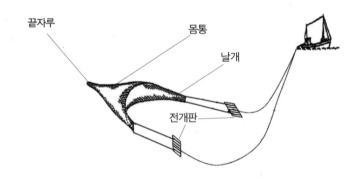

끝자루

몸통

날개

전개판

로 빨려 들어간다. 그물이 다 들어가면 그물과 배를 연결한 후릿줄 pendant wire rope 등이 인출되고, 그물 입구를 벌려 주는 역할을 하는 '전개판'(오터 보드otter board)도 바닷속으로 들어간다.

긴 자루 모양의 트롤그물은 날개, 몸통, 끝자루cod end 세 부분으로 나뉜다. |그림 2| 날개는 우리가 웃옷을 벗어 놓았을 때 팔 부분이라고 생각하면 되겠다. 몸통은 말 그대로 몸통 부분이며, 끝자루는 몸통 부분에 붙여 놓은 어획물이 모이는 장소다. 어획물이 모이는 끝자루 는 중요하기에 굵은 그물실로 된 망지網地를 두 겹 이상 사용하여 만 들고, 밑판에 혹시 구멍이 날까 봐 폴리에틸렌으로 만든 털을 촘촘히 단다.

지금 막 그물이 바닷속으로 다 들어가려는 찰나다. |사진 16| 선미船

| 사진 16 |

尾에 바닷속으로 들어가려는 부이buoy(부자浮子 혹은 플로트float)가 보인다. 부이는 그물의 앞부분, 즉 날개그물 위판에 붙여 그물 입구를 위로 벌려 주는 역할을 한다. 반대로 날개그물 밑판에 붙이는 것은 발줄沈子(그라운드ground)이라고 한다. 부이와 발줄이 그물 입구를 위아래로 벌려 주는 것이다. 저층 트롤에서 투망은 그리 어렵지 않다. 그물과 부속 어구들이 바닷속으로 들어가고 난 다음 그물 입구가 잘 벌어졌는지, 그물 전체가 해저에 안착했는지를 브리지에 있는 모니터로 확인하면 끝이다.

반면, 북태평양 공해 어장의 중층 트롤그물은 투망하기가 매우 까다롭다. 거친 파도 때문에 날개그물이 바닷속으로 들어가면서 뒤집어지는 경우가 많기 때문이다. 투망이 끝나고 예망曳網(그물을 바닷속에서 끌고 다니는 것) 중에 점검 및 정리하는 중이다. |사진 17| 나중에 양망할 때는 갑판이 깨끗하게 비워져 있어야 하기 때문이다.

| 사진 17 |

기계가 지배하는 트롤어업

트롤 어구는 무게가 엄청나서 선원들의 힘으로는 다룰 수 없다. 모두 기계의 힘을 빌리는데 '카고 윈치caego winch'와 '트롤 윈치trawl winch'가 그것이다. 그물을 옮기거나 당길 때는 카고 윈치를, 그물이 물속에 들어갔을 때, 혹은 그 그물을 올릴 때는 트롤 윈치를 이용한다. 트롤어업은 고도로 기계화된 어업이다. 따라서 기계에 대한 이해도가 높아야 하고, 다루어야 하는 장비들이 거대해서 작업 현장이 위험하기도 하다.

바닷속에 들어간 모든 트롤 어구는 갑판 중앙에 있는 트롤 윈치에 연결되며, 투망 작업이 끝나고 그물을 바닷속에서 끌고 다닐 때도 그물은 트롤 윈치와 연결되어 있다. 트롤 윈치는 어구는 물론 그물에 포획된 어획물을 올릴 수 있는 강력한 힘을 자랑하는, 트롤어선에서 가장 중요한 어로 장비이자, 트롤어업을 상징하는 어로 기계이다.

브리지 뒤에 자리 잡은 트롤 윈치의 모습이다. **| 사진 18 |** 실패처럼 생긴 드럼drum이 중앙에 두 개, 좌우에 각 한 개씩, 총 네 개이다. 중앙 드럼은 그물 끝자루를 들어올리는 데 쓰이며, 좌우 드럼에는 투망한 어구 전체와 연결된 '메인 와프main warp'(와프는 wire와 rope의 합성어)가 감겨 있다. 트롤 윈치는 유압油壓 방식으로 작동한다. 간혹 예전 배들 중에 전기 방식으로 작동하는 것도 있었다.

| 사진 18 |

드럼에는 사진처럼 와이어가 가지런하게 감겨 있어야 한다. 그 일을 하는 것이 '와이어 리더wire leader'다. 와이어 리더가 드럼 앞에서 좌우로 왔다 갔다 하면서 와이어가 차곡차곡 가지런하게 감기도록 해 준다. 마구잡이로 감을 경우 와이어가 서로 얽히면서 강한 힘에 찢겨져 버려 결국 못 쓰게 된다. 사진에서는 와이어가 와이어 리더를 통해 인출되어 있으므로 예망 중이다.

양쪽 드럼 사이에 있는 중앙의 드럼 두 개는 그물이 갑판에 올라올 때 혹은 끝자루에 어획물이 많이 들어 있을 때 사용된다. 중앙 드럼에 감긴 와이어는 '더블 블록double block'과 연결되어 있어 배력培力의 원리로 좀 더 무거운 것도 끌어당길 수 있다. 북태평양 어장에선 2,000판 이상 어획되었을 때 더블 블록을 사용했는데, 양망할 때 브리지에서 갑판장이 더블 블록을 사용하는지 여부가 관심사였다.

트롤 윈치를 조작하는 사람을 '윈치 맨winch man'이라 한다. |사진 19| 윈치 맨은 갑판부원 중 한두 사람이 맡는다. 포클랜드 어장에선 투·양망 이외에는 윈치를 사용할 일이 별로 없지만, 북태평양 어장에선 중층에 서식하는 명태가 주요 어종이라 예망 중에도 수시로 윈치를 이용하여 바닷속에 들어 있는 어구의 수심을 조정하곤 했다. 북태평양 어장에서 윈치 맨은 양·투망과 예망 중에 늘 윈치실에 대기하여 브리지의 명령을 받았다. 오만 어장에서 일할 때 나는 항해사면서 윈치 업무도 담당했다. 당시 승선했던 어선의 윈치 컨트롤 박스가 브리지에 있었기 때문이다. 처음엔 힘들었지만 숙련되면 그게 훨씬 더 좋다. 암초밭 조업을 많이 하는 오만 어장의 경우, 급양망할 때 순간순간 윈치를 조작해야 할 일이 생기기 때문이다. 투·양망도 훨씬 빨라진다.

투망, 예망, 양망

앞서 말했듯, 그물을 던지는 것이 투망, 던진 그물을 바닷속에서 끌고 다니는 것이 '예망曳網'이다. 예망 시간은 코스에 따라 다르지만 포클랜드 어장의 경우 2~12시간 정도 걸린다. 오랫동안 그물을 끌고 다닐 수 없는 조건은 두 가지다. 수온이 높아 그물 속에 포획된 어획물이 상할 우려가 있거나, 해저 상태가 너무 험악하여 오래 끌고 싶어도 그럴 수 없는 경우다. 인도양이나 대서양 어장에서는 대체로 1시간 이상 그물을 끌지 않는다. 그래서 하루에 수십 번씩 투·양망을 한다. 인도양 오만 어장에서는 하루에 보통 18~20방을 했다. 그곳은 수심도 낮아서 특별한 사건이 없으면 한 번 투·양망하는 데 15분 정도밖에 걸리지 않는다.

갑판부는 그물 따위를 손볼 일이 있으면 대체로 예망 시간에 한다. 포클랜드 어장의 해저 저질底質은 대체로 뻘mud로 이루어져 있어서 대형 그물 사고가 나는 경우는 드물다. 하여 트롤 윈치 클러치를 빼지 않은 채 예망하는데, 이는 인도양 오만 어장에서는 상상조차 할 수 없는 일이다. 그곳에선 투망이 끝나고 예망 중에는 반드시 클러치를 빼고 브레이크로 트롤 윈치 드럼을 잡아 둔다. 그래야 예망 중에 그물이 암초에 걸리더라도 와이어만 슬랙slack되어(풀려) 와이어가 터지는 대형사고가 발생하지 않는다.

그에 비해 포클랜드 어장에서 예망 중에 클러치를 걸어 두는 것은, 예망 중에 그물이 혹시 장애물에 걸리더라도 굵은(직경 28~34밀리미터) 와이어가 터질 일은 없을 터이니 차라리 그물을 조금 찢어 먹더라도 그냥 예망을 계속하겠다는 것이다. 육상에서 경사가 급한 길에 주차할 때 클러치를 넣어 놓는 것과 같은 원리다. 클러치를 빼 놓으면 브레이크가 풀렸을 때 차가 굴러 버릴 위험이 있지만, 클러치를 넣어 놓으면 혹시 브레이크가 풀리거나 후면에서 생각지 못한 강한 충돌이 있어도 차가 앞으로 굴러가지는 않을 테니 말이다.

사실 클러치를 뺀 채 브레이크만 잠그고 예망하면 와이어가 슬랙되는 경우가 생길 수 있으므로 선미로 뻗어 나간 와이어 상태를 뚫어지게 감시해야 하는데, 그게 여간 힘든 게 아니다. 하지만 포클랜드 어장에선 예망 중에 브리지에서 선미 와이어 상태를 거의 감시하지 않았다. 그래서 마치 중층 트롤어선을 타고 있다는 착각이 들 정도였다.

양망할 때 와이어를 다 감고 난 다음에도 그물 전체의 길이가 너무 길어서 몇 번에 걸쳐 '다망고(와이어 밴드wire band)'로 묶어서 당긴다. |사진 20| 양망은 투망보다 훨씬 더 위험하다. 어획물 때문에 그물에 강한 장력이 생겨 그물이 터지거나, 어획물이 담긴 끝자루가 파도에 뒹굴 수 있기 때문이다. 실제 북태평양 어장에서는 어획물이 꽉 찬 끝자루의 무게가 50톤 이상 나가기도 한다. 파도에 구르는 끝자루에 깔리면 매우 위험하다. 와이어에 슬쩍 스치기만 해도 뼈가 부러질 수 있다.

| 사진 20 |

스페인망과 잡어망

포클랜드 어장에서 사용하는 트롤그물은 '잡어망'(한국망)과 '스페인망'(오징어망) 두 종류다. 오징어를 잡을 땐 스페인망, 오징어 이외의 어종을 잡을 땐 잡어망을 쓴다. 아래 그림은 트롤 어구의 도면이다. 스페인망(왼쪽)은 2폭이고 잡어망(오른쪽)은 6폭이다. | **그림 3** | 앞쪽에서 보면 스페인망은 부대 자루 모양이고 잡어망은 6각형 상자의 입구처럼 보인다. H.R은 '헤드 로프head rope', G.R은 '그라운드

| 그림 3 |

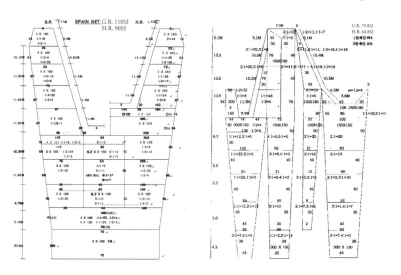

로프ground rope'이며 숫자는 길이를 뜻한다. 헤드 로프와 그라운드 로프가 그물 입구를 구성하는데, 위판에 해당하는 헤드 로프가 더 짧다. 그라운드 로프가 헤드 로프보다 더 깊게 파였기 때문이다. 그물이 전개된 상태에서 보면 헤드 로프가 조금 앞쪽으로 튀어나온 형태가 된다.

트롤 어구는 크게 세 부분, 날개그물―몸통그물―끝자루로 이루어져 있는데, 끝자루로 갈수록 그물을 구성하는 그물코(망목)의 길이가 작아진다. 그물이 굵고 촘촘해진다는 뜻이다. 그리고 끝자루는 날개나 몸통그물 망지보다 훨씬 굵고, 한 겹이 아니라 두 겹 이상으로 되어 있으며, 끝자루 밑판에는 털까지 부착한다.

망지는 합사수(망사 한 가닥을 구성하는 꼬인 실의 개수. 개수가 많을수록 굵다)와 망목(그물 한 코의 길이, 매듭 중심에서 다음 매듭 중심까지의 길이)으로 표시된다. 매듭이 있는 망지를 '결절 망지'라 하고 매듭이 없는 망지는 '무결절 망지'라 한다.

유기화학이 발달하여 더 가늘면서도 상대적으로 파단력이 강한 첨단 망지들이 많이 나온다. 당연히 트롤어선에서는 첨단 망지로 만든 그물이 훨씬 유리하다. 예망 속도를 빠르게 해 주기 때문이다. 물속에서 그물을 끄는 예망 속도 자체가 어획량을 높이는 것은 아니지만, 같은 시간 동안 더 많은 거리를 예망하면 저층 트롤어선에서는 큰 차이를 느낄 수 없을지 몰라도 중층 트롤어선에는 현격한 어획량 차이가 난다. 1980년대부터 북태평양 어장에서는 날개그물로 일명 '로프망'이라는 아예 망지 개념을 초월한 어구들이 등장하여 어획 성능을 높였다.

현대 어구 어법 기술로 볼 때 어구 어법의 기술 수준이 낮아 고기를 못 잡는다고는 할 수 없을 것이다. 여러 규제로 인해 원하는 만큼 마음껏 잡을 수 없거나, 자원이 없어서 못 잡을 뿐이다. 트롤 어구는 그물 길이만도 60~100미터 정도 되고 갯대bracket(날개그물 끝에서 후릿줄과 연결되는 속구)와 후릿줄pendant wire rope(상하 두 가닥으로 갯대와 전개판을 연결시켜 준다), 그리고 그물의 몸통 끝에 붙어 있는 끝자루 역시 10미터 정도 되는 대형 어구다.

바닷속 저층 트롤 그물은 크기에 따라 차이가 있지만 전개판에 의해 대략 20~40미터 정도 좌우로 벌어지고 상하로는 3~4미터 정도 벌어진다. 그리고 그물도 하나의 망지로 구성된 게 아니라 부위마다 망사의 굵기와 망목의 크기가 다른 망지들로 구성되어 있다. 전개판 역시 거대해서 무게가 2.7~3.5톤이나 되며, 바닷속에서 전개되었을 때 간격이 100~120미터 정도 된다.

중층 트롤 어구의 크기는 더 거대해서 상상을 초월한다. 날개그물의 한 코 길이가 몇 미터나 되는 것도 있다. 1,500톤급 중층 트롤 어구의 그물 입구(망고)는 높이가 50미터 정도, 5천 톤급은 100미터나 된다. 아파트 한 층을 3미터로 잡으면 15~30층 정도의 어군도 한꺼번에 집어삼킬 수 있는 어마어마한 크기다.

앵커는 육지 사람들의 환상일 뿐

트롤어선에서 또 하나 중요하고 특색 있는 어로 장비는 '전개판'(오터 보드otter board)이다. || 예망할 때 바닷속에 들어간 그물을 펼치는 일을 하는 장비다. 그물은 물속에서 상하는 물론 좌우로도 펼쳐져야 하는데, 전개판은 그물을 좌우로 전개시키는 일을 한다.

사진 속 전개판은 '돌핀 스타일'로 무게가 3.5톤(수중에서 2.7톤)이

| 사진 21 |

포클랜드 어장 가는 길

나 나가는 무거운 어구다. 돌핀 스타일은 중앙 쪽이 약간 좁게 휜 모양의 전개판으로 일종의 상품명이다. 예전에는 이런 모양이 아니라 밋밋한 일자형 전개판을 사용했다. 일자형에 비해 돌핀 스타일이 전개력이 더 좋다. 전개판을 비롯한 모든 어구들은 물속에서 작동하는 것이기에 유체역학과 깊은 관련이 있다. 어떤 이들은 달나라에 우주선을 보내는 것만큼 복잡한 물리학이라고 말하기도 한다. 어구들은 대체로 개발 초기 단계부터 실험수조에서 수많은 임상실험을 거쳐 생산된다. 전개판은 물속에서 비행기가 이륙하는 원리, 즉 양력揚力을 이용하여 그물을 전개시킨다. 힘이 굉장해서 예망 중에 특별한 사고가 일어나지 않는 한 넘어지지 않는다. 간혹 전개판이 넘어지면, 물속에서 스스로 일어서지 못하므로 양망을 해서 다시 투망해야 한다.

예전에는 전개판이 하는 일을 어선이 직접 했다. 이른바 '쌍끌이 어선'이다. 하지만 포클랜드 어장에서 조업하는 어선은 모두 '외끌이 선미식 저층 트롤어선'으로, 배 한 척이 혼자 그물을 끌고 가면서 전개도 시켜야 한다. 전개판은 해저에 닿아 끌려 다니기에 아래 바닥이 많이 닳는다. 그래서 때때로 갑판으로 올려 금속 조각(마루봉 round bar) 등을 용접으로 붙여 준다. 전개판 바닥은 '슈shoe'라고 한다. 이름처럼 말굽이나 신발이라고 생각하면 되겠다. |사진22|

인도양 오만 어장에선 전문적으로 때우는 사람, '땜쟁이'라 불리는 용접사가 있었다. 하지만 반드시 용접사가 있을 필요는 없어서 주로 기관부원 중 한 사람이 맡아서 한다. 포클랜드 어장에서는 조기장이 때웠는데 용접만큼은 최고라고 자부하는 사람이었다. 조업 중에 잃어버릴 수도 있으므로 전개판은 반드시 여분 한 세트를 갖고

| 사진 22 |

| 사진 23 |

다닌다.

또 하나 중요한 부속기구는 '톱 롤러top roller'다. |사진 23| 트롤 윈치에서 끌어 빼내는 와이어는 모두 톱 롤러를 통해 바다로 나가며, 예망을 하지 않을 때에는 이것에 전개판을 거치시키기도 한다. 예망 중 바닷속 암초와 어구가 충돌하면 그 힘이 그대로 전달되어 톱 롤러는 미친 괴물처럼 튕기면서 흔들린다. 암초밭에서 조업할 때 브리지에서 가장 긴장해서 관찰하는 게 톱 롤러다. 더불어 갑판으로 지나가는 팽팽한 메인 와프의 출렁거림을 주의 깊게 지켜본다.

선미에 전개판과 톱 롤러가 매달려 있다. |사진 24| 바다에서 올라온 전개판은 늘 이렇게 톱 롤러에 매달려 있다. 톱 롤러는 좌우에 한 개씩 총 두 개가 있다. 톱 롤러가 매달려 있는 곳은 '갤로우스gallows'(교수대)라고 한다. 이런 구조물 역시 트롤어선에서만 볼 수 있다.

많은 사람들이 배의 상징물이라면 '앵커anchor'(닻)를 떠올린다. 하지만 어선들이 앵커를 사용하는 일은 드물다. 앵커는 수심 60미터 이하, 저질이 바위가 아닌 항구 주변에서만 사용 가능하기 때문이다. 어선들은 입·출항을 자주 하지도 않지만 깊은 바다에서 앵커를 놓고(놓을 수도 없지만) 배를 멈추는 일도 드물다. 수심이 수백, 수천 미터에 이르는 바다에서 조업하는 어선들은 더 말할 것도 없다.

그럼에도 앵커가 배의 중요한 상징물로 여겨지는 것, 아마도 이런 게 육지 사람들이 바다에 대해 갖는 환상 중 하나일 것이다. '바다'하면 신비, 위험, 환상, 도전 등을 연상하고 그런 것들과 연결되는 파도, 바람, 태양, 거대한 생명체 등을 떠올린다. 서양의 바다신 등을 이야기하기도 한다. 하지만 실제 바다는 그런 것들이 어슬렁대는 세

| 사진 24 |

계가 아니다. 바다 사람들도 육지 사람들과 크게 다르지 않은 생활을 하며 비슷한 고민 속에서 살고 있다.

자신은 배를 타고 있지만 육지에 있는 자식의 진로를 걱정하고, 임금협상이 끝났는데 생계비는 얼마나 오를까 궁금해하며, 앞으로 얼마나 배를 더 타야 육지에서 살 수 있을지를 계산하고, 요즈음은 왜 소주를 전보다 적게 지급하는지, 오늘 빨래를 할지 말지를 고민한다.

예전에 북태평양 어장에서 항해사로 일할 때 때 틈만 나면 계산기로 미래를 설계하곤 했다. 한 달에 얼마를 버니까 특례보충역 마칠 때까지 모으면 얼마가 될 것이고, 명태알을 채취하고 받는 '명란수당'이나 장기조업수당은 얼마인데 그걸로 입항하면 무엇을 할까 같은 것 말이다.

바다엔 신의 흔적이 아니라 우리들의 사소함이 널려 있다.

롤링, 그 끝없는 흔들림

거울보다 더 잔잔한 바다로 나아갔다. 어장에 도착하여 트롤그물을 던졌다. 예망한 지 한 시간도 채 안 돼 양망했더니 가격이 그렇게 좋다는 오징어가 3천 팬이나 올라왔다. 오물도 없이 순수한 오징어뿐이다.

그들은 사이키 조명처럼 아름답게 빛난다. 그물이 찢어진 곳은 한 군데도 없다. 어획물을 피시본드에 붓고 처리하는 것도 걱정할 필요 없다. 시스템이 잘되어 있어 선원들은 그냥 옆에서 쳐다보기만 하면 된다. 선장은 오늘도 대어大漁라면서 껄껄 웃더니 배를 띄워 조업을 중단하고 창고의 술을 푼다. 선원 전부가 갑판에 모여 술 마시고 노래 부르며 춤을 춘다. 즐거운 바다 생활이다.

이런 바다가 존재하기는 하는 걸까? 어쩌면 정반대일지도 모르겠다. 바다가 미친 듯이 몸을 뒤채며 배를 흔든다. |사진 25| 롤링rolling(좌우 흔들림. 앞뒤 흔들림은 피칭pitching이라고 한다. 롤링이 흔들림의 강도가 세며 더 자극적이다)이 심해 제대로 서 있지도 못하겠다. |사진 26| 양망할 때마다 그물은 찢어져 올라오고 고기는 별로다. 신경이 날카로워진 선장은 마이크를 잡고 육두문자를 내뱉는다. 엿가락처럼 늘어난 노동시간이 장기 조업과 겹쳐 쏟아지는 잠이 되었다.

우린 언제쯤 집으로 돌아갈 수 있을까, 아니 언제쯤 진짜 바다로 갈 수 있을까? 배도 이미 오래되어 낡아 버렸고 선원들도 그렇다. 마치 낡은 망태기를 직조하는 재료 같다. 파도를 따라 이리저리 굴러다니지만 밤낮이 바뀌어도 바뀌지 않는 것은 오직 방질(투 · 양망)뿐이다. 험한 파도 속에서 뒹굴다 혹시 지구가 돌아가지 않고 있는 것은 아닐까 생각한다. 흔들리다 지쳐서 멈춰 버렸나?

| 사진 25 |

| 사진 26 |

80
포클랜드 어장 가는 길

문득 이 흔들림이 단 한 번만이라도 멈춰 주면 좋겠다는 생각이 든다. 무릇 '살아 있음'이란 모두 이 흔들림에 수천 억 가닥으로 묶여 있는 것이지만, 그래도 단 한 번 그 흔들림이 멈추는 날이 있다면 마치 꿈속을 걷듯 곱게 단장하고 집에 다녀오리라. 하여 바다 위에서의 살아 있음이란 집과 끊으려 해도 결코 끊을 수 없는 끈끈한 인연의 밧줄로 이어져 있음을 확인하리라.

아니, 차라리 모두 잊고 이 흔들림의 끝으로 걸어가 보자. 알 수 없는 저 심해의 뿌리 같은 것, 그 뿌리가 붙잡고 있어 우리가 바다 위에서 이렇게 수천 번 흔들려도 쓰러지지 않고 있으니 말이다. 그 것은 무엇의 힘일까? 바다 본연의 힘일까? 그 힘에 어화둥둥 우리의 삶이 화답하는 것일까? 이런 방식으로 서로 사랑해야만 하는 것은 아마도 바다 위에서의 우리 삶이 거칠고 또 어쩌면 너무 끈적거려서 인지도 모르겠다. 너무 끈적거리다 못해 딱딱하게 굳은 듯 보이는 아교의 액체성이라고 할까? 아 그 뜨거운 점액질의 추억이여!

지친 노동으로 침대에 쓰러져 잠들고, 무거워진 몸을 다시 일으켜 갑판으로 처리실로 나가야 할 때도 우린 늘 그 흔들림 속에 있으니까. 차라리 한순간도 이 흔들림을 벗어나지 않음으로써 우린 어쩌면 다행스럽게도 바다의 한 찰나가 되고 있는 것이니까. 그러므로 바다여, 그리고 그 흔들림의 뿌리여, 영원히 우리를 잡고 있으라. 집으로 돌아가는 날까지 우리의 몸을 그리고 잠을, 우리의 노동을 잡고 있으라.

벌거숭이로 빨래를 부여잡고

한국 원양어선들은 대체로 오래되었다. 이른바 노후선이다. 1990 년대 범양상선에서 25년 된 배를 탈 때 위험하다고 노후선 수당 20달러를 받은 기억이 있는데, 포클랜드 트롤어선은 40년 가까이 된 것도 있으니 열악한 상황을 짐작할 수 있을 것이다.

육상에서 평범하게 누리는 것들도 배에선 불편할 수 있다. 의식주 해결이 대체로 그러한데, 씻는 것도 마찬가지다. 내가 승선한 어선은 거의 1천 톤급이라 물 사정은 좋았다. 펑펑 쓸 수는 없어도 씻기에 불편함이 없었다. 배에선 청수(담수)를 항구에서 실어 쓰기도 하고, 바다에서 조수기操水機로 만든 물을 먹고 마시며 씻기도 한다. 이른바 '해수 담수화'이다.

배에서 해수를 담수로 바꾸는 방법은 크게 두 가지가 있다. 해수를 끓이는 '가열식'과 여과기를 통과시키는 '삼투압식'이 그것이다. 가열식은 생산량이 적은 반면 소금기를 거의 완벽하게 제거할 수 있고, 삼투압식은 생산량은 많지만 소금기 제거 측면에서는 가열식보다 못하다. 몸을 씻는 용도로만 사용한다면 생산량이 많은 삼투압식이 낫겠지만, 소금기를 완벽하게 제거할 수 없기에 물맛이 맑지 못하고 간간하다. 조수기로 만든 물을 식수로 쓸 때는 정수 필터로 한 번 더 걸러 사용하고, 생수를 일정 양 배급하기도 했다.

하지만 배에서 먹는 물의 질은 담수 방식이나 필터 사용보다는 청수 탱크의 청결함에 달려 있다. 배가 노후될수록 청수 탱크 상태도 불량하여 녹물이 발생할 가능이 매우 높다. 출항하기 전 육지에서 완벽하게 청소하고 소독해야 함에도, 그리고 그렇게 하는 게 출항의 법적 조건임에도, 검사는 일시적이고도 허술한 편이다. 바다에서 조업 중에도 일정한 주기(한 달에 한 번 이상)로 청소를 해야 하지만 그 시기를 놓치는 경우가 많은 편이다.

샤워장엔 탱크가 두 개 있다. | 사진 27 · 28 | 하나는 비어 있고, 다른 하나는 해수가 담겨 있다. 해수가 담긴 탱크에는 전기히터 봉이 꽂혀 있어서 뜨뜻한 물에 몸을 지지고 싶은 사람들이 이용한다. 사진 속 탱크는 작아서 들어가지는 못하지만, 예전에 1,500톤급 어선에선 들어가서 몸을 지지곤 했다. 하지만 황천荒天(기상이 나빠 바다가 거칠어져 있는 상태)일 땐 몸이 진짜 지져질 수 있으므로 조심해야 한다.

빨래는 세탁기를 이용한다. 사관용 한 개는 기관실에 있고 청수로 세탁하며, 선원용 두 개는 트롤 윈치 뒤에 있고 해수로 세탁한다. 해수로 빨고 샤워장의 청수로 헹구기도 한다. 처음에 해수로 세탁을 하면 조금 찜찜한데 습관이 되면 괜찮다. 나는 기관실까지 가는 게 귀찮아 늘 해수로 세탁을 하였다.

인도양 오만 어장에서 349톤급 트롤어선을 탔을 때는 먹는 물 이외에는 모두 해수로 해결했다. 해수를 이용하려면 '해수비누' 같은 특수 비누가 필요한데 그런 게 있을 리 없다. 그래서 모두 비누 대신 샴푸를 사용한다. 30개월 동안 해수로 씻다 보니 나중에 피부에 녹색 이끼 같은 게 생겼다. 푸른 바다 속에 사는 마린보이가 된 것 같

| 사진 27 |

| 사진 28 |

다는 생각을 했다.

　속옷이나 양말은 샤워를 마치고 샤워장에서 손빨래를 하기도 한다. 벌거숭이로 팬티나 양말을 바닥에 부비다 보면 약간 서글픈 생각이 든다. 그러다 심한 롤링으로 실오라기 하나 걸치지 않은 몸뚱이들이 빨래를 부여잡은 채 한쪽 구석으로 처박힐 때가 있는데, 그러면 어색하여 서로 바라보며 웃는다. 그때 문득 떠오르는 생각이 있다. '집에선 우리가 이렇게 살고 있는 줄 알고 있을까?'

원양어업의 주인공들

굳이 원양어업의 주인공을 꼽는다면, 당연히 인간이다. 인간 없는 원양어업은 있을 수 없으니까. 그러나 그것이 인간이 중심이 되어 바다생태계를 마음대로 파괴해도 된다는 의미는 결코 아니다.

흔히 '자연'이라고 하면 인간 없는 자연을 떠올리고, 그것을 실재하는 것으로 착각하는 경우가 많다. 바다 역시 그렇다. 인간이 없는 바다는 상상 가능하지만 '인간'에겐 아무런 의미가 없다. 인간에게 의미가 없는 걸 인간이 생각할 필요는 없을 것이다. 그리고 그건 실재하는 모습과도 맞지 않는다.

원양어업은 반드시 인간과 접속한 어떤 것이라야 한다. 즉, 인간이 바다생태계와 함께 만들어 내는 각본 없는 다큐멘터리다. 중요한 것은, 인간이 주인공이라 하더라도 인간 혼자서는 아무것도 할 수 없다는 사실이다. 원양어업은 1인극이 아니다. 인간은 그것을 충분히 이해하고 실천할 수 있으리라. 바다생태계가 인간과 분리된 게 아니라는 것을….

당연히 원양어업이라는 연극 무대는 많은 사람들의 관여로 만들어진다. 국가인, 기업인, 선원들이 그들이다. 그중에서 선원들은 현장 배우라고 할 수 있다. 예전에는 그 자리에 한국인들이 있었지만 지금은 대부분 외국인 노동자들이다. 그들은 우리가 그랬던 것처럼 돈을 벌기 위해 이곳으로 왔다. 인도네시아, 필리핀, 베트남, 중국 그리고 미얀마 등지에서 꿀벌처럼 몰려든 그들이 주인공이다. 그들에게 고마운 마음과 함께 모두 꿈을 이루기를 빈다.

갑판부원들이 트롤 윈치 뒤에서 그물 끝자루 밑판에 끼울 이른바 '고또털'을 만들고 있다. |사진 29| 고또털은 그물 맨 끝, 그러니까 어획물 때문에 무거워진 끝자루가 해저에 끌리면서 구멍이 나는 것을 방지하기 위해 끝자루 밑판에 부착하는 보호용 털이다. 기성품

| 사진 29 |

87

도 있으나 폴리에틸렌 로프를 일정 크기만큼 잘라 가닥을 풀어 만든다. 끝자루 밑판에 구멍이 나면 어획물의 상당수를 놓쳐 버릴 수 있다. 그래서 어획 성적이 의외로 저조하면 끝자루를 카고 윈치로 들어올려 구멍이 있는지 점검한다. 사실 이런 일은 트롤어선 갑판부에겐 소일거리처럼 느껴진다. 모여 커피도 마시고 잡담도 하면서 시간을 보내는 것이다.

어선에선 어떤 이유로 작업을 중단하고 쉬는 걸 '아다리ぁたり'라고 한다. 재수 좋게 쉬는 시간이 얻어 걸렸다는 의미다. 아다리는 여러 종류가 있다. 어획물은 많은데 냉동팬이 모자라서 쉬게 되는 '팬 아다리'도 있고, 어장 이동이나 피항避港(피난 항해) 때문에 쉬게 되는 아다리도 있다.

근대 어업이 일본에서 들어왔기에 어선에서는 일본 용어를 많이 쓰는 편이다. 한국 어선이니까 우리말을 써야 하겠지만, 꼭 그렇게만 볼 수는 없다. 언어는 생물 같은 것이라 현장에서 태어나 활용되다가 또 사라지기 때문이다. 일본말은 받침이 없어 전달하기 쉽고 강조가 수월하며, 은어隱語처럼 사용되기도 한다. 현장에서 일본 용어를 많이 아는 선원은 경험이 많고 숙련된 사람처럼 여겨진다. 이것은 우리 사회의 일반적 현상이기도 하다. 이를 변화시키려면 의식적으로 고치려 하기보다는 작업 환경이 바뀌어야 할 것이다. 최근 일본 용어가 점차 퇴조하고 영어가 더 많이 사용되는 것은 환경 변화에 따른 것일 게다.

그물 교체는 힘들어

예망 중에 시간이 나면 갑판에서 그물을 보수하거나 만든다. 흔히 '저층 트롤그물'이라 하면 6폭짜리 잡어망을 일컫는다. 2폭짜리 스페인망은 입구의 둘레가 잡어망보다 크고, 오징어 어획용이라 그라운드ground(발줄)도 상대적으로 무겁게 사용하지 않는다. 그에 비해 잡어망은 그라운드를 무겁게 해서 해저를 긁는 힘이 강하다. 그것도 모자라 그물과 연결되는 후릿줄에 체인을 달기도 한다. 크기는 스페인망이 잡어망보다 훨씬 크지만, 그라운드는 스페인망이 잡어망보다 가볍다. 잡어망은 해저 속에 있는 것까지 파헤치면서 바닥을 긁으며 가야 하므로 그라운드가 무거워야 하기 때문이다.

포클랜드 어장에선 보통 잡어망, 스페인망을 각각 두 세트 정도 준비한다. 낮 시간에 오징어 조업을 할 때는 스페인망, 저녁에 잡어 조업을 할 때는 잡어망을 사용하는데 그물 교체는 노력과 시간이 많이 드는 작업이다. 오징어 잡다가 잡어를 잡으려면 어장을 약간 이동해야 하므로, 그때 그물을 교체한다.

갑판부는 잦은 그물 교체를 힘들어 한다. 대체로 오징어는 상대적으로 수심이 낮은 곳(대략 150~300미터 정도)에서 조업하고, 잡어는 그보다 더 깊은 곳에서 조업을 한다. 수심은 같은 어장 내에서도 위치에 따라 다르다. 대체로 포클랜드 어장은 수심이 깊을수록(600

미터 이상은 잘 안 들어가지만) 잡어와 VME(취약해양생태계) 생물들이 많이 올라오는 편이었다. 트롤어선에서는 보통 제품화하지 않는 것들은 모두 '오물'로 부르며 실제 취급도 그렇게 한다.

그물을 교체하면서 사용하지 않는 그물은 갑판 양쪽으로 정리하고, 그때 수리할 곳이 있는지 점검한다. 간혹 갖고 있는 그물이 모두 망가져 조업을 못할 때도 있지만, 대개는 언제든 조업이 가능하도록 준비해 두는 편이다. 그물 수리는 사진에서 보다시피 '대공사'이다.

첫 번째 사진은 그라운드 로프를 만드는 것이고 | 사진 30 | 두 번째 사진은 날개그물 위판 컴파운드 로프compound rope에 부이를 부착하는 장면이다. | 사진 31 | 세 번째 사진은 그라운드가 부착되어 있는 밑판 그물의 찢어진 곳을 보망補網하는 장면이다. | 사진 32 |

그라운드와 부이는 물속에서 트롤그물을 위아래로 벌려 주는 역할을 한다. 트롤그물이 전개된 상태를 정면에서 보면 육각형 모양으로 위판(우와당), 옆판(요꼬당), 밑판(시다당)으로 구성된다. 그물이 잘 벌어지려면 우와당은 위로 잘 떠야 할 것이고, 시다당은 해저에 닿도록 무겁게 가라앉아야 할 것이다. 이를 위해 물 위에 잘 뜨는 부이를 우와당에, 무거워서 가라앉는 그라운드를 시다당에 부착하는 것이다.

컴파운드 로프는 와이어 로프에 피복을 입힌 것이다. 우와당 입구에 부이를 부착할 때 철심이 드러난 와이어 로프에 묶으면 잘 고정되지 않으므로, 피복을 입혀 마찰력을 높인 컴파운드 로프를 사용한다. 부이는 날개그물뿐 아니라 끝자루에도 부력 효과를 높이기 위해 안쪽에 부착한다. 부이는 강화플라스틱으로 만들어져 수

| 사진 30 |

| 사진 31 |

| 사진 32 |

심 800미터까지 내려가도 터지지 않는다. 그라운드는 주로 폐타이어를 동그랗게 잘라 만들고(배에서 직접 자르는 것은 아니고 기성품이 있다) 침강력을 높이기 위해 와이어 클립wire clip 등을 끼우거나 그물 맨 앞에 철구鐵球(steel bobbin)를 설치하기도 한다.

물고기떼를 저격하라

'네트 레코더net recorder(net sonde)'의 송신부이다. | 사진 33 | 트롤그물의 입구 위판에 부착하며, 예망 중 그물 입구의 전개 상태를 배로 송신하는 역할을 한다. 대포알처럼 생겼다고 해서 '대포'로 불린다. 속에 건전지가 들어가며 매번 교체해 주어야 한다. 네트 레코더는 어군탐지기echo sounder와 마찬가지로 초음파를 이용한다. 전파는 물속

| 사진 33 |

에서 산란散亂되어 버리기에 이용하지 못한다.

대포가 보낸 정보를 받는 수신부는 선저船底에 설치되어 있다. 그런데 이 수신부는 함께 조업하는 배가 가까워지면 음파의 간섭이 일어나 잠시 동안 네트 레코더의 기록이 나오지 않거나 심지어 상대방 네트 레코더의 기록이 나오는 등의 문제가 있다. 그래서 데리크 붐 derik boom(길다란 막대기형 축. 선박에서 화물을 주고받을 때 이용한다)을 따로 빼내 만든 또 다른 수신부(일명 '비행기')를 바닷속으로 내린다. |사진34| 비행기는 그물만큼의 깊이는 아니고 대략 10미터 정도 들어간다. 비행기가 바닷속 대포로부터 수신한 정보는 브리지에 있는 네트 레코더 표시부('망고계'라 불리는 모니터)에서 확인할 수 있다.

네트 레코더가 수집하는 정보는 그물의 상하 전개 상태와 그물로 들어가는 어군의 크기와 농도다. 어군의 종류가 무엇인지는 알 수 없다. 사실 저층 트롤어선에서는 이 기계로 그물이 제대로 전개되고 있는지, 바닷속에서 암초를 만나거나 굴곡이 심한 해저에서 그물(정확하게는 그물 입구)이 어떻게 일그러지고 펴지는지를 확인하는 정도다.

반면 중층 트롤어선에서는 이 장비 없이는 거의 조업이 불가능하다. 그물 상태를 확인하는 것은 물론이고 어느 정도 크기의 어군이 그물 속으로 들어가는지, 어군탐지기에서 본 어군이 어떻게 그물로 들어가고 있는지를 파악하는 것이 중요하기 때문이다. 중층 트롤어선에서는 예망할 때 어군이 위치한 수심에 그물의 위치를 맞추어야 하는데, 네트 레코더가 없으면 그 작업을 정교하게 할 수 없다. 가령 200미터 수심에 명태 어군이 있다고 할 때, 그물을 그곳에 맞추려면

| 사진 34 |

이 장비가 반드시 필요하다. 그리고 그물(입구)의 상단을 어군의 위쪽에 맞추어야 할 때가 있고, 중간이나 하단에 맞추어야 할 때가 있으므로 네트 레코더가 필수 장비다. 그래서 북태평양 어장에서는 투망 후 네트 레코더가 제대로 수신되지 않으면 다시 투망을 한다. 하지만 어군의 크기가 엄청나고 밀집도가 강했던 1970년대에는 네트 레코더나 중층 트롤그물 없이도 조업이 가능했다고 한다.

중층 트롤어선에서는 브리지에 설치된 최종 수신부이자 표시부인 '망고계'(모니터)에서 그물에 얼마만큼의 어획물이 입망入網되는지를 확인한다. 지금은 정보가 색으로 표시되지만 예전에는 흑백으로, 그것도 습식 기록지에 표시되었다. 입망 어군의 농도는 흑백 모니터에는 색의 진함으로 표시되고 컬러 모니터에는 붉은색 혹은 검붉은색으로 표시된다. 그걸 보고 경험상 크기와 농도를 감안하여 얼마만큼의 어군이 그물 속으로 들어갔다고 판단하는 것이다. 예전에 어군이 엄청나게 클 때는 이걸 잘 판단하는 게 중요했다. 어군이 너무 많이 들어가도 어획물을 갑판으로 올리기 어려울 뿐 아니라, 심각할 경우 수중에서 그물이 작살나 버리는 경우가 생길 수도 있기 때문이다.

중층 트롤어선에서 중요한 또 하나의 전자장비는 '소나sonar'다. 대부분의 전자장비는 군사용으로 개발되고 나중에 민수民需용으로 보급된다. 소나 역시 마찬가지다. 일반적인 어군탐지기가 수직으로 배의 밑부분(수직분해능)의 일정 범위를 탐지하는 반면, 소나는 사방팔방으로(수평분해능) 탐지가 가능하다. 이 계기의 등장으로 중층 트롤어업에서 예망 방향이 매우 혼잡해졌다. 예전에는 배 밑부분만 보고 입망되면 만족하고 예망을 했는데, 소나가 나오면서 앞 혹은 양옆의 기록을 알게 되고 그 기록의 양까지 알게 되니 트롤어선이 오직 직진으로만 갈 수 없게 된 것이다.

보통 트롤어선에서는 목표 수심에 그물을 내리기 위해 목표 수심 3배 정도의 메인 와프를 트롤 윈치에서 인출한다. 200미터 수심에 어군이 있다면 200미터의 3배인 600미터 정도의 와이어를 인출하고, 그 다음에 네트 레코더 정보를 보면서 미세하게 맞추는 것이다. 그래서 트롤어업은 적극적 어법을 넘어 '저격어업'이라 불린다. 정치定置한 그물을 이용해서 잡는 어업이 아닌 것이다. 트롤어업과 함께 적극적 어업으로 불리는 것이 두릿그물을 사용하는 '선망旋網어업'이다. 대상 어군 주위로 그물을 돌려서 잡는 어업으로, 대표적인 것이 다랑어 선망어업이다. 선망어업은 횟감용을 잡는 게 아니라 대량 어획을 목표로 한다. 우리가 일상적으로 먹는 통조림용, 즉 가다랑어skip jack와 날개다랑어albacore 등이 그것이다.

'보따리'를 끌어올려라

트롤어선은 그물을 선미로 내리고 또 올린다. 그래서 '선미식 트롤어선'이다. 선미에 '슬립웨이slipway'라는 경사로가 있어서, 그곳으로 그물이 내려가고 올라온다. 슬립웨이 역시 트롤어선의 독특한 특징 중 하나다.

사진은 선미의 슬립웨이에 올라오고 있는 그물의 '끝자루'다. 어획물이 빵빵하게 들었다. |사진35| 어획물이 그물 안쪽으로 조금 보인다. 그물로 들어간 어획물들은 모두 끝자루에 모인다. 이렇게 어획물이 든 끝자루를 '보따리'라고 한다. 보따리는 어획물의 양을 상징하는 용어다. 끝자루를 두르고 있는 와이어 밴드wire band 한 칸에 대략 150팬(1팬 무게는 18~22킬로그램) 정도의 어획물이 들어 있다고 보면 된다. 500팬 정도 예상되면 보따리가 500개라고 말하는데, 정확한 것은 내용물을 피시본드에 부어 봐야 알 수 있다. 온전히 제품화할 수 있는 어획물만 들어 있는 것은 아니니까.

와이어 밴드는 끝자루에 반드시 필요하다. 와이어 밴드가 없으면 어획물이 끝으로 쏠려서 끝자루가 터질 수 있다. 어획물이 끝자루에 팽팽하게 들어차면 끝자루 모양은 와이어 밴드 때문에 누에고치처럼 뽈록뽈록해지고, 그렇게 마디가 만들어진 덕분에 그물이 터지지 않고 유지된다.

| 사진 35 |

끝자루가 슬립웨이에 올라올 때쯤 되면 처리장도 보따리가 얼마 정도 되는지 보려고 처리실에서 선미로 올라온다. 보따리를 확인하고 다시 처리실로 내려가 그에 맞게 피시본든 공간을 마련하는 것이다. 피시본드는 커다란 방처럼 생겼는데 두꺼운 나무판자로 칸을 막아 크기를 일정 부분 조절할 수 있다. 보따리가 크면 공간을 크게 만들고 작으면 작게 만들어 준비하는 것이다.

배 위에서 만난 죽마고우

차례대로 갑판장 | 사진 36 | 처리장 | 사진 37 | 그리고 옵서버인 본인이
다. | 사진 38 | 우리 셋은 동갑내기다. 이야기를 나누어 보니 갑판장은
1980년대 북태평양 어장에서 활동한 '독수리'(한일호의 별명이다. 북
태평양 어장에서는 별명으로 부르는 경우가 더 많다) 갑판원 출신이었

| 사진 36 |

다. 그 사이 갑판장으로 폭풍성장을 하다니!

처리장은 갑판장보다 더 극적이다. 내가 어릴 때 살았던 부산시 남구 우암동 189번지(영화 〈친구〉의 주인공이 어릴 적 살았던 동네)에 살았다는 것이 아닌가! 죽마고우였던 것이다. 완전히 한동네 사람은 아니지만 우암동 적기뱃머리 사람으로서 이야기를 나눠 보니 구석구석 아는 골목의 모습이 오버랩되었다.

더 흥미로운 것은, 내가 고등학교 때 짝사랑했던 L양의 근황을 그

| 사진 37 |

가 빠삭하게 알고 있더라는 것이다. 대학 다닐 때 겨우 사정해서 '뱃머리다방'에서 커피 한 잔 마시는 것으로 끝난 인연인데…. L양이 결혼하여 해운대 신시가지 어딘가에서 식당을 하고 있다는 소식을 그에게 전해 듣고, 한국에 가면 반드시 그곳에서 함께 술 한 잔 하자며 약속까지 하였다. L양은 정말 피부가 백설기처럼 고운 사람이었는데, 처리장이 내 가슴에 기름을 들이붓는다. 아직도 그 피부를 그대도 유지하고 있다는 게 아닌가. 설마 하면서도 그 말을 믿어 보려는 것은 또 뭔가. 아, 기억이 선하다. 좋은 기억이었기에 뇌가 그것을 떠올리고 있는 것이겠지. 예전엔 왜 그렇게 용기가 없었을까. 지금의 정신력으론 어떤 연애든 가능했을 것 같은데, 하지만 지금은 육체적 용기가 없고…. 정신과 육체가 평행하다는 스피노자의 말이 맞다! 아니다. 정신을 차리자. 지금은 그런 생각을 할 때가 아니다.

뱃사람들의 특징은 모이면 자신의 경험을 끝없이 늘어놓는다는 것이다. 어디서 무슨 배를 탔으며, 그곳에 있을 때 개새끼들이 하도 말을 안 들어 손을 좀 봐 주었다는 얘기, 돈은 얼마를 벌었고, 어디에 가면 어떤 아가씨들이 있고… 미주알고주알 끊이지 않는다. 하여 점점 지겨워지는 것이다. 마치 동일한 패턴의 옛 영화를 한없이 상영하는 극장(창고라 불려도 마땅한)처럼 지겨울 정도로 자기 자랑을 한다. 그건 아마도 기억 때문이리라. 기억이 없다면 이야기할 수도 없을 테니까. 그런데 기억은 꼭 좋은 기억이나 나쁜 기억만 떠오른다. 좋지도 나쁘지도 않는 기억은 떠오르지 않는다. 그렇다고 그런 기억이 없어진 것은 아닐 것이다. 무엇인가가 그 기억을 억압하고 있는데, 그게 바로 우리가 기억이 저장되어 있다고 믿고 있는 '뇌'다. 하여 뇌는 기억을 저장하는 장소가 아니라 기억을 퍼올리는 두레박이기도 하면서, 기억을 억압하는 기계장치라고 해야 할 것이다.

우리는 식당에 둘러 앉아 각자 배 탄 경험들을 끝없이 이야기하고, 육지에서 못 다한 아쉬움과 아련하게 지나간 세월과 여자들에 대해 이야기했다. 그리고 입항하면 몬테비데오에서 여자들을 어떻게 만날지 그리고 어떻게 놀지에 대해 이야기를 나누었다. 마치 항구에서 우리가 할 일이 여자를 만나 노는 것밖에 없는 듯 말이다.

사진에서 느끼하게 웃고 있는 사람이 본인(옵서버)이다. 들고 있는 것은 어종 샘플 사진을 찍을 때 색깔을 비교할 수 있게 해주는 일종의 비교표Photo Template다.

| 사진 38 |

바다도 육지가 있을 때 바다인걸

먼바다 조업은 마치 끝없이 헐떡거리는 우리의 욕망을 닮았다. 어장에서의 조업은 대부분 24시간 논스톱으로 이어진다. 조건이 허락하는 한 조업은 멈추지 않는다. 악천후로 피항避港하는 경우가 그나마 해당할 텐데, 이때 피항한다고 해서 배가 육지로 들어가는 것은 아니다. 대부분 바다에서 '히브투heave to'라 불리는 방법, 즉 앞바람을 저속低速으로 받으면서 기상이 좋아질 때까지 버틴다.

포클랜드 어장은 잔잔한 날도 별로 없지만 그렇다고 피항을 할 만한 날씨도 거의 없었다. 두 달에 한 번 정도, 그것도 겨울에만 가끔 있는 일이다. 우리나라와 지구 반대편 대척점에 위치해 있어서 계절이 정반대다. 하지만 겨울이라고 해도 온도가 영하로 내려가는 날은 없다. 우루과이의 몬테비데오 같은 곳은 우리나라 늦가을 날씨 정도밖에 안 된다. 배에서도 춥다고 해 봐야 영상 7도 정도인데, 바람이 강하게 불어 체감온도는 좀 더 춥게 느껴진다. | 사진 39 |

피항 외에 어획물을 운반선에 넘기는 '전재轉載', 기름을 공급하는 '탱커'와의 접선, 어장 이동 그리고 입항, 이 정도가 조업을 하지 않는 날이다. 공휴일 개념은 아예 없다. 다른 어장에선 날씨가 잔잔하고 어획이 시원치 않으면 배들끼리 접선하여 밤에 쉬는 때도 있었다. 예전에 인도양 오만 어장에서 가을철에 갈치 조업할 땐 해가 지

105

| 사진 39 |

면 조업을 하지 않았다. 해가 지면 갈치 어군이 바닥에서 부양하므로 저층 트롤그물로는 잡기가 어렵기 때문이다. 게다가 날씨도 좋아 바다가 호수처럼 잔잔하니 거의 매일 배들끼리 접선하여 놀곤 했다. 선장은 선장끼리 술 마시고 노름하고, 항해사는 항해사끼리 선원은 선원끼리 삼삼오오 모여 무료한 장기조업을 위로하다가, 해가 뜨기 전에 이선離船하여 아침 햇살을 받으면서 투망하곤 했다.

장기조업 얘기가 나왔으니 하는 말인데 1980년대 트롤 기지基地船(어장 근처에 기지로 삼는 항구를 두고 항구와 어장을 왔다 갔다 하는 배)은 계약 기간이 30개월이었다. 그야말로 한 번 나가면 강산이 변한 뒤에야 집으로 돌아오곤 했다. 그 긴 시간이 무서웠다. 요즈음은 트롤 기지선 계약이 1년이고, 연승어선은 20개월이다.

그런데 예전 기지선은 운반선에 옮겨 싣는 일이 거의 없어서 2~3개월 정도면 입항을 하곤 했으나, 요즘은 그놈의 운반선 전재 때문에 1년 계약 기간 동안 입항은 잘해야 한 번 정도다. 연승어선은 더 심하다. 20개월 동안 거의 입항하지 않는다. 아주 특별한 경우, 그러니까 선장의 결단으로 전재를 섬 근처에 가서 하거나 선원 중에 입항해야 할 정도로 부상자가 생기거나 할 때만 입항한다. 하여 대부분의 원양어선들은 보충 선원과 부식 그리고 연료 및 각종 사입(품)을 모두 운반선이나 탱커를 통해 해결한다.

현대 형벌제도의 교정 작업은 대부분 '격리'를 통해 이루어진다. 예전의 '유배流配'도 이와 크게 다르지 않다. 인간뿐 아니라 어떤 존재라도 함께 어울려 살지 못하는 것보다 더 큰 슬픔이 있을까? 해양 문학도 현장에 발을 딛고 그 경험을 바탕으로 하되, 그 모든 작업들은 반드시 육지에서의 만남이 담보된 것이라야 한다. 바다 경험을 모르는 해양문학도 문제지만, 그렇다고 오직 바다 작업만 의미 있는 것은 아니기 때문이다. 우린 꿀을 모으러 온 꿀벌들이지만, 꿀을 가지고 육지로 돌아가야 한다. 그곳엔 우리를 이곳까지 오게 한 그리운 인연들이 살고 있으니까.

더불어 해양문학에 대해 할 말이 있다. 무릇 '해양문학'이라 하면 글의 수준이 높고 낮음을 떠나 해양이 내러티브의 주요 줄기가 되어야 한다. 모든 문학이 그렇겠지만 삶의 토대를 떠난 '문학주의'는 문학이기를 포기하는 것 아닐까? 문학은 감상주의나 판타지가 아니다. 해양문학은 더더욱 그렇다. 내용과 표현이 거칠더라도 해양에서 살아가는 존재들의 숨결을 담아야 한다.

그러나 몇몇 해양문학상들은 해양에서의 다양한 체험 발산을 억압하는 역할을 하고 있는 것 같다. 거친 바다의 모습들을 몇 개의 문학 장르로 묶으려는 것, 해양문학이 육지에서 바다를 관조하는 관점으로 이루어지는 것 등이 그렇다. 해양문학이 무조건 거칠 필요는 없겠지만, 바다와 자신의 삶을 표현하는 데 있어서 새로운 시도들이 실험되고 주목받는 장이 만들어졌으면 좋겠다.

욕망을 비우는 '설사'

슬립웨이를 통해 어획물을 끌어올려 갑판 밑에 있는 처리실의 피시본드에 붓는 모습이다. **| 사진 40 |** 어획물의 양이 적거나 어종이 오징어 등일 때는 붓는 작업이 그리 어렵지 않다. 하지만 어획물의 양이 많거나 뻘 등이 함께 올라왔을 때는 매우 힘들다. 끝자루의 끝(로프

| 사진 40 |

로 지퍼처럼 묶어 놓은 곳)만 풀어서는 안 되고 끝자루를 들어 주어야 하며, |**사진 41**| 그래도 안 되면 들었다 놓았다 하면서 이른바 '털어' 주어야 한다. 그리고 동키호스donkey hose(해수용 호스)로 해수를 공급하여 어획물이 매끄럽게 부어지도록 해야 한다. 저걸 다 부어야 그물을 정리해서 다시 투망할 수가 있다. 다 붓고 나면 끝자루의 끝(게스)을 다시 묶고(채우고) 그물 전체를 투망하기 좋도록 쭉 펴면서 정리한다.

포클랜드 어장에선 한 번에 엄청난 양의 어획물이 들진 않는다. 오징어가 대풍이면 몰라도 잡어철엔 100~800팬(1팬은 18~22킬로그램) 정도가 고작이다. 문제는 어획된 것들의 종류다. 오징어라면 몰라도 가오리류는 뻘과 함께 올라오기 때문에 갑판부가 매우 힘들어한다. 그들 표현으로 "아주 좆 같은" 상황인 것이다. 그런 '좆 같은' 상황이 원양어선에서 한두 번 벌어지는 것은 아니지만….

북태평양 어장에선 주요 어종이 명태여서 붓는 작업이 쉽다. 끝자루의 끝부분을 피시본드 해치hatch(문)에 맞추고 '게스'만 풀어 주면 줄줄 내려가고, 잘 안 내려간다 싶으면 동키호스로 해수를 공급해 주면 된다. 어획이 너무 많이 되었을 때가 문제다. 어획물이 끝자루를 넘어 몸통그물까지 넘어오면 더블 블록의 힘으로도 올릴 수 없는 경우가 생긴다. 억지로 당기면 당길 수도 있으나 그러다 그물이 작살 나는 수가 있다. 끝자루와 연결된 몸통그물은 끝자루처럼 굵은 망사網絲로 되어 있지 않기 때문이다. 과부하가 걸려 윈치가 망가져 버릴 수도 있는데, 윈치를 '해먹으면' 조업을 아예 하지 못할 수도 있다.

| 사진 41 |

그럴 때 하는 일이 일명 '설사'다. 끝자루가 슬립웨이에 걸쳐 있을 때 누군가 그물을 타고 내려가 탱탱한 끝자루 밑부분을 칼(데크 나이프deck knife)로 자르는(따는) 것이다. 그렇게 해서 어획물의 일부를 바다로 버린다. 내려갔던 사람이 잽싸게 올라오면 그 순간 어획물이 흘러내려 가벼워진 끝자루를 감아올린다.

그때 바닷새들은 괴성을 지르면서 완전히 미쳐 버린다. 그들 세계에서는 도저히 일어날 수 없는, 우리의 바보 같은 욕망이 부풀어 터진 것에 던지는 비웃음 같기도 했다.

포클랜드 어장 가는 길

용기로도 못 피하는 위험

예망 중에 갑판부원들이 갑판에서 갑판장 지휘 아래 그물을 만들고 있다. <u>**| 사진 42 |**</u> 트롤그물은 너무 커서 전체를 갑판에 펴 놓고 작업할 수 없다. 사진 속 모습은 겨우 트롤그물의 일부인 날개그물(소매그물 또는 소대그물)이다. 그물은 망지網地를 그물 설계도와 똑같이

| 사진 42 |

절단해 와서 힘줄power rope에 붙이는 방식으로 제작한다. 힘줄은 일명 '수지나'라고 한다. 수지나는 일본말로, 스틸 와이어에 섬유피복, 즉 섬유를 입혀 만든 것이다.

표면이 미끄러운 스틸 와이어에 섬유피복을 입히면 마치 털장갑 표면처럼 마찰력이 강해진다. 그곳에 망지를 대고 실(수지나 실)로 묶어 주는 것이다. 앞서 말했듯, 부이도 스틸 와이어에 굵은 실이 감겨 있는 컴파운드 로프compound rope에 부착한다. 그물에 뭔가를 부착하거나 고정시키려면 모두 이런 기능성 와이어로 작업해야 한다. 그래야 물속에서 강한 장력을 받아도 본래 달려 있던 제자리를 이탈하지 않는다. 이때 실이나 그물실 | 사진 43 | 을 수지나 실이 감겨 있는 갑판용 바늘(예전엔 대나무로 만들었으나 요즈음은 전부 플라스틱으로

| 사진 43 |

| 사진 44 |

114

만든다) **|사진 44|** 에 감아 사용한다.

예망 중에 갑판에서 작업하는 것은 매우 위험하다. 예망 중이므로 그물이 바닷속에 들어가 있고, 사진처럼 메인 와프가 갑판 위로 트롤 윈치에서 바다로 인출되어 있을 때는 와프가 출렁거릴 수 있다. 그걸 한 대 맞으면 쇠파이프로 맞는 것과 똑같다. 그래서 갑판에서 작업을 하더라도 와프 밑에 있으면 절대 안 되고 안전모도 반드시 써야 한다. 투·양망할 때도 와이어 등 조심할 것이 많다. 특히 와이어를 올라탄 채(와이어 위에서 가랑이를 벌린 상태로) 작업하는 것은 절대 금물이다. 와이어가 인출될 때 새클shackle(와이어 연결 부위) 등에 걸려 바닥에 있던 와이어가 꿈틀대며 위 방향으로 튈 수 있기 때문이다.

안전을 위해, 기계와 기계의 작동 원리에 대한 이해도를 높이고 또 작업하면서 늘 조심해야 하지만, 그렇다고 해서 사고가 나지 않는 것은 아니다. 아무리 조심해도 위험한 상황이 상존하는 작업 환경에 놓여 있으니, 위험에 운을 맡기는 것밖에 되지 않는다. 이는 비단 원양어선만의 이야기는 아닐 것이다. 우리 사회도 마찬가지다. 구조적으로 위험이 늘 상존하고 있는데, 그걸 '조심' 하나로만 피해 보자는 식 말이다. 당연히 조심하는 것이 중요하고 또 필요하지만, 더 중요한 것은 위험이 상존하는 상태, 그러한 구조적 모순을 해결하는 것 아닐까?

위험한 상황은 하늘에서 어느 날 갑자기 뚝 떨어지는 게 아니다. 그리고 그걸 이겨 내는 것이 바닷사람들의 도전이나 용기가 아니다. 이런 생각 역시 바다에 대한 환상에서 비롯된 것이라고 할 수 있다. 구조적 위험, 가령 와이어가 터지는 사고가 일어나면 누구나 위험에 내몰릴 수 있다. 중요한 것은 그런 구조적 위험을 줄여 나가는 것이다. 당연히 그런 일에는 노력과 비용이 든다. 어쩌면 결국 비용의 문제라고 할 수 있다. 비용은 부담하지 않으면서, 오직 현장에서 조심할 것만 강조하는 것은 공허한 덕담과 다를 바 없다.

그물이 찢기거나 잃어버리거나

트롤 윈치 좌우 드럼에 감긴 와이어가 메인 와프다. |사진 45| 보통
28~32밀리미터 스틸 와이어를 사용하며, 드럼 한쪽에만 2천 미터
이상 감겨 있다. 원하는 수심에 그물을 집어넣으려면 수심보다 최
대 3배 길이의 와이어가 필요한데, 저층 트롤은 수심 600미터 이상

| 사진 45 |

은 거의 조업을 하지 않으므로 2천 미터 정도 감겨 있으면 충분하다. 와프를 얼마나 인출해야 할지는 어장의 특성에 따라 달라진다. 와프는 그물과 연결하는 역할뿐 아니라, 그 무게로 예망 중 바닷속에 트롤 어구를 안착시켜 주는 역할도 한다. 간혹 예망 중에 와프가 끊어지는 사고가 나기도 하는데, 이런 사고는 아주 드물다. 와프가 끊어지는 사고는 '통걸이'라고 하며, 그물 사고로는 대형사고다.

그물 사고는 다양하다. 가벼운 사고는 망지가 찢어지는 것이다. 물론 어느 부분이 찢어지느냐에 따라 다르겠지만, 망지를 왕창 해먹는 수준이 아니라면 큰 사고는 아니다. 인도양 오만 어장에선 망지가 찢어지는 사고가 다반사다. 그런 사고가 나면 갑판부원들은 물론이고 브리지 항해사들도 갑판으로 내려와 돕는다. 바쁘니까 그물코를 정확하게 확인하여 망지를 기울 순 없고, 그냥 이리저리 묶어둔다. 그것을 '항을 친다'고 한다. 특히 힘줄 부근의 망지가 찢어지는 경우가 많아 항을 치는 작업을 자주 한다.

이보다 더 큰 사고는 '급急양망'하다 일어난다. 예망 중 어구가 암초에 걸려(망지보다는 와이어나 와이어 등의 연결 부위인 섀클이 암초에 걸리는 경우가 많다) 와프가 슬랙slack되는(풀리는) 경우가 있는데, 그럴 때는 엔진을 스톱stop(엔진을 끄는 것은 아니다. 자동차의 중립 기어 상태와 비슷하다. 엔진을 끄는 것은 스톱이 아니라 피니시finish라고 한다)하고 천천히 트롤 윈치를 감아 그물을 올린다. 찢어지거나 망가진 부분은 그물을 올린 다음 해결한다. 이때 그물을 많이 다치지 않으려고 엔진을 조금만(그물을 많이 해먹지 않기 위해 후진 엔진을 쓰는 경우도 있다) 쓰다가 그물이 프로펠러에 감기는 수가 있는데 이게 대형사고다. 그러면 스크루 프로펠러screw propeller가 트롤그물의 감는 힘 때문에 멈춰 버리고(어획물이 든 끝자루가 감기는 경우가 대부분이다), 그렇게 되면 엔진이 스톱이 아니라 아예 꺼져 버린다. 그러면 조업은 중단된다.

프로펠러에 감긴 그물을 푸는 것은 몇 시간 만에 해결될 수도 있지만, 일을 잘하는 전문가(잠수 다이버)가 없으면 며칠이 걸릴 수도 있다. 만약 프로펠러가 손상이라도 되면 배를 운항할 수 없으므로 입항까지 고려해야 하는데, 배가 스스로 움직일 수 없어 끌고 갈 배가 어장으로 와야 한다. 그러면 일주일에서 한 달 정도 조업을 못하니 조업 손실이 커진다. 월급제가 아니라 보합제(부분 성과제)라면 돈 벌러 온 선원들이 큰 타격을 입고, 그동안 조업이 시원찮았으면 계약 자체가 깨질 수도 있다.

더 큰 사고는 앞서 말한 통걸이, 즉 와프가 예망 중 끊어져 트롤어구를 통째로, 전개판까지 몽땅 잃어버리는 것이다. 저층 트롤어선에서는 조세(바다에서 무언가를 건질 때 사용하는 속구. 발이 세 개여서 '삼발이'라고도 불린다. 소형은 기성품도 있으나 대형은 후크 등을 용접하여 만든다)로 건질 수도 있지만 성공률은 그리 높지 않다. 어구를 건지기 위해 며칠 동안 어장의 해저를 뒤져야 한다. 중층 트롤어선에서 통걸이(일어날 확률은 저층에 비해 거의 없지만) 사고가 나면 그물은 영영 찾을 수 없다. 수심이 수천 미터에 이르기 때문이다. 마지막으로 가장 큰 사고는 전개판을 올리다가 전개판이 프로펠러와 충돌하는 것이다. 그땐 프로펠러가 작살 날 것이므로 운항은 당연히 중지되고 배는 항구, 아니 수리 조선소로 끌려가야 한다.

목숨을 노리는 육중함 feat 시간

오터 보드(전개판), 갤로우스, 톱 롤러 등 육중한 것들이 모여 더욱 육중해져 버린 이미지다. |사진46| 기계는 미세하기도 하지만 이렇게 육중해 보이는 것이 또한 특징이다. 미세함과 육중함은 양적量的으로 볼 때 크기와 상관 있는 감각 같지만, 실은 모두 시간 속에 녹아 있다. 그리고 시간은 속도와 연결된다. 어쩌면 속도가 주인공이라고 할 수도 있다. 그러므로 속도가 달라지면 세계가 달라 보인다. 아니 실제로도 달라진다! 저 육중함의 결합도 사실은 Δt(시간의 변화량)인 것이다. 그 시간은 뱃사람들의 삶과도 깊이 연관되어 있다.

예전에 뱃사람들은 자신의 푸른 시간을 저당 잡히고 돈을 벌었다. 그 저당물이 '청춘'이었다. 지금 우리도 시간을 담보로 잡히고 돈을 번다. 단지 그것들이 낡고 무뎌져 버려 푸른 지폐로 바뀌고 있다는 게 잘 느껴지지 않을 뿐이다. 푸르디푸른 청춘과 지폐, 이 둘은 참 많이 닮은 것 같기도 하다. 인생은 무상無常하다고 하는데 우리에게 아직 저당 잡힐 시간이 있다는 것이 어쩌면 아이러니하다.

푸른 시간을 저당 잡히고 얻는 푸른 지폐라, 그건 살 수 없는 것을 우리가 살 수 있을 거라고 착각하는 것과 비슷해 보인다. 우리의 시간은 세탁기 속에서 빙빙 돌아 새로 태어나는 것일까. 그게 다시 깨끗해지는 게 아니라면 혹시 더 탈색되고 아주 조금씩 낡아 가는 것

| 사진 46 |

은 아닐까? 그러고 보면 '푸른 지폐'란 '푸른 시간'의 소용돌이처럼 여겨진다.

시간과 속도가 저 육중함이라면, 우리 몸은 그것이 만들어 내는 이미지에 감겨 있어서 어쩌면 아주 '작은' 일만 하는 것처럼 느껴진다. 육중함을 당기고 인출하고 때론 터뜨리는 것도, 하여 우리의 목숨을 노리는 것도 모두 육중한 기계들의 몫이다. 우리는 그들의 틈새에서 후크hook나 걸어 주고 섀클 따위나 풀고 채울 뿐이다. 우리가 육중함들을 조정하는 것 같지만 실은 그들을 따라가기조차 버겁다. 하지만 기계를 원망해서는 안 된다. 우리가 지금 우리의 유전자를 조작하고 있듯 그들도 우리를 조작할 수 있으니 말이다. 그게 무슨 개좆 같은 소리냐고 묻지 마라. 이미 그들은 그들 자신도 어찌할 수 없는 일을 진행시키고 있으니까. 그것은 인과응보 식의 단순한 관계도 아니다. 다만, 우리가 저 육중한 힘에 눌리기 시작한 지 이미 오래되었다는 것쯤은 알고 있어야 할 것이다.

일상에서 흔히 접하는 가장 '부드러운' 것 하나를 떠올려 보라. 그것에조차도 이미 육중함이 개입되어 있다. 그 사실이 슬프거나 우울하기라도 한가? 그것이 우리들이 다른 종족에 대해 늘 잘난 체해 왔던 진보(진화가 아니다)의 방향 아닌가? 강한 놈이 약한 놈을 잡아먹는 양육강식 말이다.

문을 잠글 수 있었다면

원양어선에서 혼자 방을 쓸 수 없을 때 겪는 애로 사항이 많은데, 그중 하나가 '딸딸이' 칠 때의 불편함이다. 물론 문을 활짝 열어 놓고 딸딸이를 칠 수도 있겠다. 하지만 우린 철학자 디오게네스 정도의 높은 경지에 오르지 못했기에, 그렇게 하긴 쉽지 않다. 하여 온갖 방법들을 다 생각해 본다. 우선 문을 잠그는 방법을 떠올릴 수 있다. 하지만 문을 잠그는 것 자체가 의심을 살 수 있다. '소리'를 처리하는 것도 문제다. 소리는 섹스를 하는 사람들 모두가 풀어야 할 숙제이기도 하다. 하지만 이 문제는 예전부터 있어 온 문제라기보다는 현대인의 문제가 아닌가 싶다. 현대인은 소리 아니 소음의 숲속에 살고 있으면서도 자신의 소리는 은폐해야 하는 구조 속에 살고 있으니까.

 딸딸이 치는 데 왜 소리를 걱정하냐고 의문을 갖는 사람들이 있을 것이다. 딸딸이, 즉 자위행위는 혼자서 스스로를 위로하는 행위이긴 하지만, 스스로의 힘만으로 욕망을 일으켜 세울 수 있는 능력자(?)는 많지 않다. 그건 축축하게 젖은 행주, 조금만 짜도 물이 줄줄 흐르는 행주와 같은 사춘기 때나 가능한 얘기다. 어찌 딸딸이뿐이랴! 문학도, 철학도, 심지어 경제도 성장률이 늘 가파르진 않다. 만약 그렇다면 그것은 분명 거품이고 언젠가는 터진다. 한없이 쭉 올라갈 것 같다가도 어느 정도 올라갔다 싶으면 가파름의 각도가 둔화

123

사진 47

되기 마련이다. 그때 눈앞에 펼쳐지는 게 바다다. 모든 존재는 일정한 삶의 과정을 거치면 결국 바다에 이르게 된다. 그러니 피안彼岸에 닿지 못했다고 너무 걱정하지 말라. 다만 바다에서 필요한 개구리 헤엄이나 연마해 두라.

얘기가 삼천포로 빠졌는데, 소리가 밖으로 새는 것을 막기 위해 이어폰을 꽂는 경우가 있다. 하지만 이것은 자승자박의 결과를 초래할 수도 있다. 누가 밖에서 방 문을 세차게 두드렸는데도 못 들을 수 있거니와, 심지어 누가 방에 들어왔는데도 못 알아차리는 낭패(?)를 당할 수도 있다. 성性 혹은 성적性的인 것은 우리를 불편하게 만든다. 하지만 사실 성은 불편하게 아니다. 우리가 그걸 불편하게 여기고 만들어서 그렇지.

실제 북태평양 어장에서 딸딸이 때문에 큰 사건이 있었다. 한 선원이 침대에서 딸딸이를 치다가 룸메이트들에게 들켰는데 그들이 곳곳에서 수군거리고 놀려 대는 것 때문에(혹은 그렇게 느껴서) 내성적이던 그 선원이 자살을 해 버린 것이다. 자신을 놀렸던 사람들의 명단과 함께 강한 수치심을 느꼈다는 내용이 담긴 유서를 남기고.

그 얘기를 들었을 때 스토아 철학자들의 '운명fatum'이라는 말이 떠올랐다. 늘 하는 말이지만 성 혹은 성적 행위로서의 섹스는 '삶의 기술'이어야 한다. 살아가는 데 다양한 기술과 지식이 필요하듯, 섹스도 그렇게 활용되어야 한다는 것이다. 그 길이 막혔을 때 자살이라는 방법을 택할 수도 있겠구나 하는 생각이 들었다. 어쩌면 '마조히즘적 저항'일 수도 있겠다. "내 삶을 막아 버린 개새끼들아, 너희도 어디 한 번 맛 좀 봐라" 같은.

자살을 매우 소극적인 삶의 태도로 여기기도 하지만, 난 그렇게 생각하지 않는다. 자살은 오히려 용기 있는 사람만이 할 수 있는 저항의 극치로서 어떤 '위대함'이다.

섹스가 '삶의 기술'이라면 그게 막혔을 때의 견디기 힘든 무게를 생각해 보라. 그리고 허물라!

뱃멀미보다 강한 육지멀미

탱커와 접선 중이다. |사진48| 접선은 늘 야음夜陰을 틈타 이루어진다. 탱커에서 연료유나 윤활유 등을 공급받는데, 조업에 지장이 없도록 대개 아침이 오기 전에 끝낸다. 그 외에 부식이나 각종 사입품(기계 부품 및 선용품) 및 보충 선원을 항구에서 싣고 오기도 한다. 탱커나 운반선은 '어선과 어선' 그리고 '어선과 항구'를 연결시키는 메신저 역할을 한다. 이 모든 것들이 장기 조업을 가능케 하는 요소다.

1980년대 들어 북태평양 어장에서도 운반선과 탱커가 활성화되면서 장기 조업이 가능해졌다. 두세 달 만에 입항하다가, 6개월 이상 바다에 머물면서 조업을 하게 된 것이다. 당시 미국 경제수역 내에서 합작 사업joint venture(연안국 어선이 고기를 잡아 바다에서 원양어업국의 공모선으로 넘기면 그 어획물을 공모선에서 가공처리 하는 방식. 1980년대 알래스카 어장에서 미국의 작은 조업선(자선, 100~250톤)이 잡은 고기를 한국의 어선(공모선, 1천~1만 톤)이 넘겨받아 가공 처리하였다)을 할 때 쿼터 소진 방법을 '올림픽 방식'(분기별로 나누지 않고 다 소진될 때까지 어장을 계속 개방하는 방법)으로 하는 바람에 장기 조업이 거의 필수가 되어 버렸다. 북태평양 어장에서 조업을 하더라도 합작 중에는 알래스카 해역에서 출발해야 했으므로 부산으로 입항하여 하역을 마치고 다시 어장으로 복귀하는 데 대략 한 달

| 사진 48 |

정도 걸렸다. 그러니 수산회사로서는 장기조업에 대한 유혹이 클 수밖에 없었다. 게다가 당시 육지에서는 민주화운동과 노동운동이 불길처럼 일어나고 있어서 자본으로서는 배가 입항하는 것 자체가 부담스러웠을 것이다.

요즘은 바다에서 선원 구성에 구멍이 생겨도 충원이 쉽게 이루어지지 않는다. 선장 직급 빼고는 항해사와 준사관을 구하기가 매우 어렵다고 한다. 육상 근무에 비해 임금이 그렇게 높은 것도 아니고 집을 떠나 먼 바다로 나와서 생활해야 하는 데다, 배는 노후되었고 노동시간과 강도도 비교적 강한 편이어서 젊은 사람들은 거의 오지 않는 것이다. 그러다 보니 한국 선원의 평균 나이가 오십이 훌쩍 넘어 버렸다.

전부는 아니겠지만 지금의 한국 선원들은 대체로 뱃멀미가 아니라 육지멀미를 하는 사람들이다. 오랫동안 바다에서 생활하다 보니 육지보다 바다가 더 익숙해져 버린, 그래서 육지에 가면 할 일도 만날 사람도 딱히 없어서 고독하게 지내다가 다시 바다로 나오는 사람들. 그들은 표면적으론 육지에서의 생활을 희망하는 것처럼 말하지만, 실제로는 육지 생활에 그렇게 큰 기대를 걸지 않는 것 같다.

오랫동안 바다에서 생활하다가 육지에 오면 자신이 문득 하늘에서 뚝 떨어진 것 같은 느낌이 들 때가 있다. 장기 조업 이후에는 더욱 그렇다. 푼크툼punctum 현상처럼 나와는 상관없는, 혹은 의도한 것이 아닌데도 내가 아닌 것들이 시간의 벽을 내리 허물고 내 주변을 둘러싸고 있음을 느낄 때가 있다. 그 상황 속에서 나는 매우 수동적일 수밖에 없다. 그땐 그냥 오랫동안 집에 머문다. 한정된 공간에 오래 머무는 것에 이미 익숙하므로. 그러는 동안 시간은 흘러가고 다시 배로 나간다. 그런 순환의 반복, 오직 '딸꾹 뉴스'(육상에서 보내오는 이메일 뉴스)의 쪽지 크기만 한 소식으로 세상에 대한 이미지를 쌓고 있다고 생각해 보라.

지금 바다는 혹은 원양어선의 선원들은 대체로 그런 상황에 놓여 있다. 그런 상황에 놓인 선원들을 어떻게 구제해 달라는 얘기가 아니다. 다만 우리의 삶이 그런 방식의 삶으로부터도 조력助力을 받고 있다는 사실은 알아야 한다는 것이다. 아무것도 아닌 것 같은, 혹은 너무 멀어서 보이지도 들리지도 않는 상황들이, 지금 우리의 삶을 함께 밀고 있다는 사실 말이다.

사력을 다해 물고기를 밀어내라

그물로 건져 올린 어획물을 처음 붓는 곳, 피시본드다. <u>| 사진 **49·50** |</u>
영어로 '피쉬폰드fishpond'인데, 이것 역시 일본식 발음의 영향을 받
았다. 'pond'는 연못을 뜻하는데, 상선에서는 면세창고를 'pond'라고

| 사진 49 |

부른다.

피시본드는 어획물 처리 작업이 시작되는 곳이다. 피시본드 역시 트롤어선의 특징이다. 가령 연승어선은 처리실이 따로 없다. 올라온 어획물들을 모두 갑판deck에서 바로 처리하여 급냉실로 보낸다. 이른바 '홑갑판'이다. 트롤어선은 대부분 '2중 갑판(더블 데크)'이다. 다만 트롤어선이라도 100톤 정도의 작은 배나 사이드 트롤어선은 홑갑판으로 처리실이 따로 없다. 원양 트롤어선은 대체로 350톤 이상은 되므로 피시본드가 있다고 보면 되겠다.

갑판에서 끝자루의 어획물을 붓기 전에 처리장은 직접 갑판에 나와 확인한 보따리의 크기에 맞춰 피시본드 공간을 조절한다. 두꺼운 나무 칸막이('이다'라고 부른다. 일본말로 나무판자를 뜻한다)로 피시본드 공간 크기를 조절할 수 있다. 그리고 피시본드 양쪽 가장자리엔 처리대 쪽으로 연결된 컨베이어가 두 대 설치되어 있다. 그곳으로 어획물을 밀어서 처리대로 빼내는 것이다. 처음에 어획물이 피시본드를 꽉 채우면 컨베이어로 빼내는 것이 그리 어렵지 않지만, 어획물이 줄어들면 사람이 피시본드로 들어가 직접 밀대나 삽으로 밀어내야 한다.

북태평양 어장의 1,500~6천 톤급 트롤어선이라면 피시본드가 대략 15~30평 정도 되므로 한 사람이 어획물을 밀어낼 수 없고 두세 명이 들어가서 밀어야 하는데, 매우 힘든 작업이다. 오징어나 로리고loligo(꼴뚜기) 등이 어획되면 그나마 낫지만, 해저를 긁으면서 올라온 가오리와 각종 저서생물, 뻘 그리고 VME(취약해양생태계) 등이 함께 올라오면 작업이 아주 어려워진다. I 사진 51 I 그럴 땐 피시본

| 사진 50 |

드에 투입되는 인원만도 4~5명이 되므로 처리실 작업은 손이 모자
랄 지경이 된다. 그런 일이 반복되다 보면 짜증이 날 수밖에 없다.
특히 가오리를 잡는 어장에서는 다른 배들이 버린 각종 폐기물까지
따라 올라오는 경우가 많아 설상가상으로 더 힘들다.

| 사진 51 |

손이 빠르다고 민족의 우수성?

피시본드에서 컨베이어를 타고 나오는 각종 어종들이다. ㅣ사진 52·53·54ㅣ 트롤어선의 특징 중 하나가 처리실 곳곳에 컨베이어가 설치되어 있다는 것이다. 피시본드에서 처리대 그리고 처리대에서 '렛고 구멍'(제품화되지 않는 것들을 바다로 버리는 곳)과 급냉실로 컨베이어가 연결되어 있어 무겁게 들고 다녀야 하는 수고를 덜어 준다. 일종의 기계화인데 이런 시스템 없이는 어획물 처리가 거의 불가능하다.

기계의 속도가 인간의 노동강도를 결정한다고 하지만, 트롤어선의 컨베이어는 그 정도까지는 아니다. 물론 큰 틀에서는 맞는 말이지만, 트롤어선의 컨베이어는 스스로 끊임없이 돌아가는 게 아니라 선원들이 필요에 따라 언제든지 스톱시킬 수 있다. 특히 피시본드와 처리대를 연결하는 컨베이어는 수시로 작동을 멈춘다. 지나가는 어획물을 어종별로 분류해야 하기 때문이다.

포클랜드 어장에서 처리하는 어종은 대략 오징어, 꼴뚜기, 민대구, 홍대구, 남방대구, 홍메기, 꼬리민태, 이빨고기, 보리멸, 가오리와 홍어 그리고 장어 정도다. 대부분 몇 가지 어종이 함께 어획되는데 간혹 재빨리 분류하기가 쉽지 않을 때도 있다. 그래서 많이 올라온 어종은 처리대로 바로 보내고 적게 올라온 어종은 처리대로 가기 전에 공간을 만들어 따로 모으거나 바구니에 담는다. 그리고 드레스dress

| 사진 52 |

| 사진 53 |

| 사진 54 |

처리(머리와 꼬리를 자르는 작업)한 '절단 제품'들도 처리대로 가기 전에 따로 모아야 한다. 이렇게 따로 모아야 하는 어종이 컨베이어 벨트 위로 많이 지나갈 경우 컨베이어를 스톱시키는 횟수가 많아진다.

그런데 이 작업을 할 때 외국인 선원과 한국 선원(주로 현장에서 일하는 한국 선원은 준사관이지만)들의 손놀림이 차이가 난다. 한국 선원들이 훨씬 빠른데, 그걸 보고 한국인의 우수성이라 말하는 사람도 있다. 동남아 선원들이 한국 선원보다 일하는 능력이 떨어지고 또 게으르다는 것이다. 실제로 그런 면이 있을 수 있다. 하지만 그렇게 단언하는 것은 잘못이다. 노동계급이라는 점에서 외국인 노동자와 한국 노동자는 같은 입장이다. 모두 자본에게 노동력을 파는 사람들이다. 외국인 노동자들을 다르게, 혹은 적으로 보아야 할 이유가 없다. 그런데 한국 노동자들은 웬일인지 그 지점에서 난데없이 '민족적 관점'을 끌어들인다. 노동자로서 처한 상황은 대동소이한데도 말이다.

일의 빠르고 느림은 민족 문제가 아니라 노동자가 처한 상황에 따른 노동력의 가치와 관련된 문제다. 특정 민족의 우수성이나 열등성이 아니라는 말이다. 그것은 저급한 인종차별일 뿐이다. 인간은 평등하다는 진리를 들이대지 않더라도, 먼 바다에 나와 같은 배에서 함께 노동으로 먹고사는 처지라면 서로 어려운 점을 이해하고 함께하려는 노력이 필요하지 않을까. 간혹 원양어선에서 일어나는 불미스러운 큰 사고도 그 시작은 작은 차별에서 비롯된다. 하루아침에 극심한 증오심이 생기고 그걸 술의 힘을 빌려서 폭발시키는 것이 아니다. 물론 현상적으로 그렇게 보일 수도 있지만, 실은 오래전부터 천천히 그리고 차곡차곡 쌓여 온 것이다.

처리실, 앎의 향연

처리실의 '처리대'(처리다이) 모습이다. |사진 55| 피시본드에서 컨베이어를 타고 이동한 어획물들이 이곳 처리대로 옮겨진다. 중간에 드레스 처리한 어획물도 이곳에서 팬에 담긴다. 아래 사진은 처리대에서 피시본드 방향을 찍은 것인데 |사진 56| '3'이라고 씌어진 나무 칸막이(피시본드 구획을 나눌 때 사용한다)로 막혀 있는 것이 보인다.

처리대 바닥은 모두 스테인리스 재질로 만들어져 있다. 이 배는 예전에 뉴질랜드 어장에서 조업했는데, 뉴질랜드에서 조업하려면 처리실의 주요 부분이 이렇게 모두 스테인리스로 되어 있어야만 했다고 한다. 뉴질랜드 어장은 모든 면에서 아주 까다로운 규정이 적용된다. 뉴질랜드 어장에서 불법을 저질렀다가 아직까지 뉴질랜드로 들어가는 못하는 어선(혹은 선원)도 있다.

본 트롤어선은 약 900톤급 거의 1천 톤급 어선으로 처리대가 그리 크지 않지만, 대형 트롤어선들은 피시본드뿐 아니라 처리대도 아주 넓어서 역시 선원들이 그 위로 올라가 어획물을 처리대 가장자리로 처리하기 좋도록 밀어 줘야 한다. 그런데 사진에서 보듯 바닥이 스테인리스로 되어 있는 데다가 가장자리 쪽으로 기울어져 있어서, 위에 올라가 작업하기가 매우 힘들다. 롤링이 심한 날에는 한쪽 구석으로 미끄러져 처박히면서 부상을 당할 수도 있다. 처리대를 경사

| 사진 55 |

| 사진 56 |

지게 만든 것은 어획물들이 나열하기 좋은 장소로 저절로 미끄러지도록 하기 위해서다. 그래서 처리대 위에 올라가 작업하려면 천장에 매달린 파이프나 구조물을 잡고 일을 해야 한다. 대체로 초보이면서 나이 어린 선원들이 많이 올라가는 편이다. 예전에 고참 선원들은 처리대에 올라간 신참 선원들에게 노래를 시키곤 했다. 1980년대 북태평양 어장에서 12월 '알철'(명란철)에 당시 수산전문학교 출신 실습생들이 많이 승선했는데 그때 실습생들이 그런 일을 많이 했다.

이곳에서 어획물을 종류 및 사이즈별로 팬에 담아 바로 뒤에 있는 급냉실 컨베이어에 싣는다. 드레스 제품도 그냥 팬에 담는 게 아니라 일일이 손가락으로 내장을 빼고 가지런하게 팬에 담아야 한다. 이런 작업을 '다대(나열)'이라고 한다. |사진 57| 이때 발생하는 오물들은 처리대 밑에 설치된 통로로 버리면 또 다른 컨베이어로 연결되어 자동으로 렛고통을 통해 바다로 버려진다. 그러면 바닷새들이 트롤어선의 렛고통 근처에 소리를 지르면서 몰려든다.

처리대 천장에는 반으로 자른 PVC 파이프가 비스듬히 매달려 있다. |사진 58| 내장을 제거하고 분류만 남은 어획물을 모아 두는 장소다. 이렇게 하면 PVC 파이프의 경사 방향으로 처리대의 다른 곳에 있는 나열반으로 보내진다. 가령 이쪽에서는 민대구를 주로 담고, 저쪽에서는 남대구를 주로 담고 하는 식이다.

가오리나 홍어는 하얀 배 부위가 위로 오도록 팬에 담는다. 그래야 나중에 비닐백에 담을 때 수월하다. 가오리나 홍어는 등 부분이 울퉁불퉁 날카로워서 포장지가 찢어질 수도 있고 선원들이 손을 다

| 사진 57 |

| 사진 58 |

칠 수도 있기 때문이다.

고대엔 '기술technique'도 진리에 접근할 수 있는 지식 중 하나였다고 한다. 이때 기술은 무언가를 '안다는 것'인데, 그것이 삶을 살아가는 데 매우 중요한 것으로 인식되었다. 곰곰히 생각해 보면, 우리는 알고 있는 것이 엄청나게 많다. 걸을 줄 알고, 말할 줄 알며, 무언가를 만들 줄 알고, 위험을 피할 줄 알며, 수영을 하거나 자전거를 탈 줄 안다. 어선에서도 오랜 세월 동안 여러 가지 앎들이 차곡차곡 쌓이고, 작은 것 하나라도 삶에 도움이 되는 방법으로 활용된다. 기술이 그런 것이라면, 아무리 작은 앎도 소중하지 않을 수 없다. 하지만 자본주의사회에서는 오직 '돈 벌 줄 아는 것'만을 최고로 여기는 것 같아 우울하다.

선원들은 처리대 앞에서 이런저런 앎들을 활용하고 또 그것들을 경험으로 쌓아 간다. 그것들이 있었기에 트롤어선이 바다 위에서 조업할 수 있게 되었고, 처리실의 여러 시스템도 만들어졌을 것이다. 이른바 '앎의 활용'이자 '앎의 향연'이다. 물론 그 '앎'은 현장에서 몸으로 부대끼며 활용할 수 있는 것들이어야 한다.

부어 놓은 물고기 처리하기

피시본드 바로 앞이다. |사진59| 이곳에서 옵서버는 관찰도 하고 샘플 어종을 측정하기도 한다. 내가 승선한 어선에서는 옵서버 활동에 많은 도움을 주었다. 양망이 시작되면 옵서버는 선미로 나가 바닷새와 양망 과정을 관찰하고 이곳으로 곧장 내려와 옵서버 임무를

|사진 59|

수행한다.

다음 사진은 드레스용 전동 칼이다. |사진60| 디스크처럼 생긴 칼이 빠른 속도로 돌아가므로 늘 조심해야 한다. 특히 롤링이 심할 때는 사고 위험이 아주 높다. 사진 속 전동 칼은 드레스할 어종이 많이 어획되었을 때 추가로 작동시키는 것으로 평소에는 사용하지 않는다. 주로 사용하는 전동 칼은 컨베이어 옆에 두 대가 설치되어 있다. 여분으로 쌓아 둔 냉동팬이다. |사진61| 함석으로 만들어져 있으며 바닥에 물이 잘 빠지라고 구멍이 뚫려 있다.

처리실 시스템에서 가장 중요한 것은 배수 능력, 그러니까 처리실 내의 물빠짐이다. 그리고 컨베이어 시스템, 곧 컨베이어 벨트의 폭이 넓고 힘이 좋아 피시본드에서 쏟아져 나오는 각종 어획물과 오물 등을 신속하게 운반할 수 있어야 한다.

예컨대 가오리는 오징어와 로리고 다음으로 가격이 좋아 모두 탐을 내는 어종이지만, 처리실 시스템이 부실하면 눈앞에 고기를 보고도 어장에 들어가 조업을 하지 못하는 안타까운 상황이 벌어질 수 있다. 가오리는 뻘과 각종 오물이 함께 올라오는데 실제로 이를 처리할 능력이 없어서 가오리밭으로 못 들어가는 어선도 많았다. 내가 승선한 어선은 처리실 시스템이 잘 되어 있는 편이어서, 오물이 많이 올라와도 처리하는 데 큰 문제가 없었다. |사진62|

뻘에 범벅이 된 가오리를 물로 씻어 내려면 동키호스를 열어 해수를 부어야 하므로, 처리실 바닥에 차오르는 물은 펌프를 가동시켜 밖으로 배출시켜야 한다. 간혹 어획물이나 뻘 때문에 물 빼는 펌프(빌지 펌프bilge pump)가 제대로 작동하지 못할 때가 있다. 이런 펌프

| 사진 60 |

| 사진 61 |

| 사진 62 |

146
포클랜드 어장 가는 길

들은 주로 양방향이 아니라 한 방향, 즉 체크 밸브check valve 형식으로 이루어 있어서 바깥의 해수는 처리실로 못 들어오게 하고 처리실에 고인 해수만 밖으로 나가도록 되어 있는데, 그게 작동이 잘 안 되거나 작동 능력보다 훨씬 빨리 처리실에 물이 찰 수 있다. 그러면 처리실 통로와 기관실 입구가 연결되어 있으므로 기관실로 물이 들어가 그야말로 배의 안전이 심각하게 위협받는 대형 사고로 이어질 수 있다. 실제 그런 일로 기관실에 물이 들어가 기관이 정지되거나 심지어는 배가 침몰한 사고도 있었다. 그래서 뻘이나 오물이 많이 올라왔을 때는 기관부원과 처리부원 중 몇 명이 전담하여 펌프를 감시하고 작동시킨다.

그리고 어찌어찌 피시본드에서 어획물들이 나왔다 하더라도 컨베이어 벨트의 폭이 좁아 오물 및 가오리를 이동시킬 수 없으면 무용지물이다. 이 모든 게 처리실의 처리 능력이다. 처리실 시스템이 떨어지는 배들은 한 번 양망하면 처리실에서 부어 놓은 어획물을 처리하지 못해 다음 양망이 늦추어지기 일쑤다. 그러니 결국 몇 번 해보곤 포기하는 것이다. 가오리처럼 가격이 좋은 어종을 포기하고 민대구 등을 주요 어종으로 조업 하는 수밖에 없다.

같은 회사의 선단 배들 사이에서 처리실 시스템 차이가 날 경우, 못 잡는 배들은 속이 타 들어간다. 회사에서 왜 너희들은 잡지 못하느냐고 눈치를 주기 때문이다. 아니, 어쩌면 그런 눈치는 배에서 스스로 자신을 돌아보는 자기비판일 수도 있겠다.

물고기 배를 가르며

모든 살아 있는 것들은 '살아 있음'을 유지하기 위해 반드시 먹어야 한다. 먹지 않고서는 살 수 없으니까. 그런데 '살아 있음'을 위해 먹는 것은 또 다른 '살아 있음'이다. 그들 모두에겐 가족이 있다. 자신과 가족이 살아가려면 반드시 살아 있는 다른 가족을 먹어야 한다.

물고기 배를 가르면 다른 생명들이 위 속에 있다. |사진 63| 그들도 조금 전까지는 살아 있었을 것이다. 약간 잔인해(?) 보이지만 그건 인간의 관점일 뿐이다. 오히려 그들은 공생 관계일지도 모른다. 잡아먹는 것들과 잡아먹히는 것들이 서로 돕고 있는 것이다. 공동체

| 사진 63 |

의 관점에서 보면, 잡아먹는 것들은 잡아먹히는 것들에게 건강함(?)을 가져다준다. 잡아먹는 것들이 없다면 잡아먹히는 것들의 공동체는 어떻게 될까? 개체군 과잉 등 여러 가지 문제로 건강함을 잃게 될 것이다. 물론 잡아먹는 것들의 논리를 정당화시켜 주려는 것은 아니다. 잡아먹는 것들의 건강함이 잡아먹히는 놈들의 건강하지 못함을 잡아먹는 것일 뿐, 잡아먹히는 것들의 건강함까지 잡아먹을 수는 없다는 말이다. A와 B 무리를 가정해 보자. 가장 건강한 A가 건강하지 못한 B를 잡아먹을 수 있을 뿐, 아무리 건강한 A라도 건강한 B는 잡아먹기 어렵다. 그렇게 A는 B의 공동체를 건강하게 유지시켜 주는 역할을 한다. 그리고 그런 관계는 A와 B에서 끝나는 게 아니라 끝없이 확대된다.

중요한 것은, 그들이 그들 관계의 경계를 잘 지킨다는 것이다. 즉, 그들은 '먹고 먹히는 관계'의 토대가 되는 '살아 있지 않음'은 공격하지 않는다. 그것들이 비록 살아 있지 않지만 자신들의 살아 있음과 '살아 있음'들의 관계를 유지시켜 주는 화수분임을 알기 때문이다. 어떻게? 그들과 함께 오랫동안 살아오면서 자연스럽게.

인간은 '살아 있는 것'들뿐 아니라 살아 있는 것들의 토대가 되는 '살아 있지 않음'까지 마구 파헤치면서 살아간다. 아니, 심지어는 살아 있는 것들도 살아 있지 않은 것들로 취급하면서 살아간다. 그런 방식으로 사는 '살아 있음'은 오직 인간밖에 없는 것 같다. '살아 있음'을 더 많이 포획하고 또 저장하기 위해 '살아 있음'의 근거를 파괴해 버리는 것 말이다.

명란수당을 놓고 벌였던 채란전쟁

피시본드에서 바라본 처리대의 모습이다. |사진 64| 양쪽에 컨베이어가 있고, 이곳에서 드레스할 어종이나 따로 분류할 어종을 골라낸다. 사진은 민대구hake(알젠틴민대구)를 고르는 모습이다. 오징어도 바구니에 골랐다가 나중에 팬에 옮겨 담는다.

옵서버 업무는 이곳에서 주로 이루어진다. 컨베이어 위를 지나가는 어획물 중에서 샘플 어종과 VME를 골라내는데, 그러고도 시간이 남으면 선원들과 함께 어종 선별 작업도 한다. 사실 나는 어종 선별 작업을 할 때 손이 빠른 편이다. 북태평양 어장에 있을 때도 명태 사이즈 선별이나 명란 채란(할복이라고 한다), 그리고 드레스할 명태를 커터기 톱날에 순서대로 끼우는 작업 등을 할 때 남다르게 빠른 속도를 보였다.

얘기기 나왔으니 하는 말인데, 북태평양 어장에서 명태의 경우 어획량이 너무 많으면 수컷은 버리고 암컷의 알만 따는(꺼내는) 할복 작업을 했다. 할복만 하면 시간당 700~800팬의 명태를 소진시킬 수 있었다. 명란철엔 선원들에게 '명란수당'을 지급했다. 현장에서는 채란 생산성을 높이려고 여러 가지 채찍과 당근 정책을 펼쳤는데, 그중 가장 극단적인 게 부서 간 경쟁이다. 갑판부, 기관부, 통사부(통신장과 조리부와 위생사)가 구성원들의 비율만큼 목표량을 정해

| 사진 64 |

놓고 일명 '명란 많이 따기' 시합을 하는 것이다. 1등 하면 당연히 상금이 있었다. 그런데 문제는 상금을 회사에서 따로 주는 게 아니라, 선원들의 명란수당 중에서 일부를 떼어 놓았다가 주는 것이었다. 서로의 명란수당을 판돈으로 놓고 도박을 벌이는 셈이었다.

그런데 경쟁에 한번 불이 붙으면 집단심리가 작동해서 아주 심하게 가열되었다. 다른 부서가 채란한 명란 상태를 비판하고, 나중에는 비판을 넘어 비난으로 번지는 경우가 다반사였다. 하여 전 선원이 '채란 전쟁'에 징발(?)되었는데 선장도 예외일 수 없었다. 각자 당직 시간이 끝나면 거의 의무적으로 처리실로 직행해서 일정 시간 채란 작업에 동참하지 않을 수 없었다. 경쟁이 끝나고 나면 온몸을 덮는 피로와 부서 간의 깊어진 갈등을 확인하는 것밖에 남지 않았다. 당연히 양적 생산성은 높아졌겠지만, 채란의 상태는 나빠졌으면 나빠졌지 좋아지지는 않았던 걸로 기억한다.

직선으로 가는 배는 없다

선미에서 본 바다의 모습이다. |**사진 65**| 지금은 예망 중이고 톱 롤러에서 뻗어 나간 메인 와프의 방향으로 보아 배는 왼쪽으로 꺾고 있는 중이다. 이런 경우 실제 왼쪽으로 배를 돌리려고 타舵(key)를 그

| 사진 65 |

렇게 사용할 때도 있고, 직진하고 싶으나 조류나 바람 등에 의해 배가 오른쪽으로 밀리고 있어서 부득이 타를 왼쪽으로 써(틀어) 줄 때도 있다. 그렇게 배가 밀리는 것을 '웨이way'라고 하는데 바람에 밀리는 것은 'lee way', 조류에 밀리는 것은 'tide way'라 한다.

그러고 보면 배는 똑바로 가는 법이 없다. 늘 밀린다. 항해할 때도 가령 100°로 가고 싶어도 조류나 바람에 의해 95°나 105°로 가야 할 때가 대부분이다. 삶의 방향도 그렇지 않나. 이걸 하고 싶지만 여러 가지 영향으로 저걸 해야 할 때도 있고, 저걸 하고 싶었는데 사실은 다른 걸 하고 있는 자신을 발견할 때가 많지 않은가 말이다.

자본주의에선 욕망이 때론 본의 아니게 욕을 먹을 때가 있다. 가령 피아노만 치면서 살고 싶은데 돈이 없어 그러지 못할 때, 그냥 하고 싶은 걸 못하는 정도를 넘어 피아노만 치겠다는 욕망은 '염치없는 짓'으로 매도될 수 있다. 반대로 돈이 있으면 하고 싶은 것을 다 해 볼 수 있고, 그닥 원하지 않는 전문가도 될 수 있으며, 심지어 돈으로 훌륭하거나 착한 사람이 될 수도 있다. 수백 억씩 기부하는 자본가들을 보라. (그렇게 하지 않는 사람도 많지만) 돈이 사람을 이렇게도 저렇게도 만든다. 하지만 돈보다 더 중요한 것은 무언가를 하고 싶다는 '욕망' 아닐까? 그 욕망을 소중히 여기고 마음껏 드러낼 수 있는 사회 시스템이 사람들이 원하는 사회 아닐까?

트롤어선은 거대한 그물을 바다 깊은 곳에 집어넣고 예망을 하기에 웨이의 영향을 더 심하게 받는다. 예망 중엔 선속船速이 3~5노트 정도밖에 나오질 않아 배의 움직임은 느려질 수밖에 없다. 포클랜드 어장은 조업 중에 어장 질서가 혼잡한 경우는 거의 없었다. 예망 코스들이 사방팔방으로 펼쳐진 것이 아니라 대체로 남북 방향이어서 그런 점에서는 수월했던 것 같다. 다른 어장에서는 예망 코스 문제 때문에 싸우는 경우가 종종 있고, 그러다 대형 그물 사고가 나기도 한다. 특히 나라가 다르면 정보 교환이 잘 안 되다 보니 그런 일이 생기기도 한다. 보이스 통신으로 불러도 절대 나오지 않는 외국 배들도 있다. 정말 화가 머리끝까지 올라 미쳐 버릴 지경이 될 때도 여러 번이다.

간혹 기지선 트롤어선의 경우 특정 코스에 고기가 좀 난다 싶으면 배들이 개떼처럼 모여들고, 예망 중에 배들이 너무 가까워져서 서로의 오터 보드가 걸리는 사고도 일어난다. 이것 역시 어선에서 일어나는 사고로는 큰 사고다. 얽힌 와프와 그물을 풀어 내자면 어구가 손상되는 것도 문제지만 해결하는 데 시간이 너무 많이 걸려 조업 손실이 엄청 커지는 것이다.

여유 있게 과하지는 않게

어종은 몇 가지 방법으로 처리된다. 통째로 담는 것은 '라운드 round(또는 whole) 처리'라고 하고, 말 그대로 사이즈별로 그냥 냉동 (팬)에 담으면 된다. 다음으로 '드레스dress 처리'가 있다.**사진 | 66 · 67 · 68 |** 머리와 꼬리를 자르는 게 있고, 꼬리는 자르지 않는 게 있다. 가오리 와 홍어 같은 경우 대체로 라운드 처리를 하고 엄청나게 큰 개체가 올라오면 팬에 담기 어려워 몸통을 빼고 날개 부위만 잘라서 담는 다. 가오리는 대부분 전량 날개만 제품으로 만드는 경우가 많다. 물 론 배마다 처리 방식이 조금씩 다르고, 한 팬에 담는 무게도 조금씩 다르다.

이처럼 배에서 원어原魚를 처리하여 제품화하므로, 원어의 양 대 비 제품화되는 양을 파악하는 것이 중요하다. 이것을 '수율收率'이라 고 한다. 예컨대 3킬로그램 민대구를 드레스하여 제품을 만들었더 니 2.1킬로그램이 되었다면 수율은 70퍼센트다. 이걸 반대로 계산 할 수도 있다. 제품 무게에 환산계수conversion fact를 곱하여 원어의 양을 계산하는 것이다. 가령 2.1킬로그램×1.43(환산계수) = 3.003킬 로그램이 된다. '제품의 양'으로 '원어의 양'을 알려고 한다면 환산계 수가 필요할 것이고, '원어의 양'으로 '제품의 양'을 알려고 한다면 수 율이 필요할 것이다.

| 사진 66 |

| 사진 67 |

| 사진 68 |

1980년대 북태평양 어장에서 미국 자선子船(소형 트롤어선으로 오직 어획만 할 뿐 처리는 하지 않고, 처리 가능한 한국 어선 등에 바다에서 바로 끝자루를 넘겨 주는 배)들과 합작할 때 이 개념이 매우 중요했다. 한국 어선에서 제품화된 양에 사전에 약속한 수율을 적용하여 가격을 매기기 때문이다.

한국 어선 입장에서 보면, 계약상 수율은 높은 게 좋고 실제 수율은 낮은 게 좋다. 가령 계약 수율이 70퍼센트라면 제품의 양이 70톤일 때 원어의 양 100톤 값을 주면 되지만, 계약 수율이 65퍼센트였다면 제품의 양이 70톤일 때 원어의 양 100톤이 아니라 107.7톤 값을 줘야 하는 것이다. 또 만약 계약 수율이 70퍼센트인데 실제 수율이 60퍼센트라면, 한국 어선이 70톤의 제품을 만들었을 때 원어의 양 116.6톤 값을 주는 것이 맞지만 실제론 계약 수율 70퍼센트 값, 즉 원어의 양 100톤 값만 주면 된다. 그래서 당시 자선들의 이익을 대변하는 합작회사 미국 대리인과 이 수율을 놓고 옥신각신할 때가 많았다. 그들은 한국 어선이 이중장부를 만들어 놓고 고기를 도둑질한다고 말했지만, 그것은 사정을 잘 모르는 소리다.

당시 북태평양 트롤어선들은 늘 장부에 적힌 양보다 10퍼센트 정도 더 제품을 보유하려고 했다. 여러 과정에서 제품의 10퍼센트 정도가 소모될 가능성이 높기 때문이다. 어선들은 그 근거로 '수분 함유량'을 내세웠는데, 이는 규정에서도 보장해 주는 범위였다. 합작회사 대리인들이 이것을 이해하지 못하고 있으니, 조업선에선 늘 10퍼센트를 확보하려는 계약을 하려고 '수율 전쟁'을 벌일 수밖에 없었던 것이다. 다만 한국 어선에서도 10퍼센트 이상은 절대 보유하지 '못'하는 게 아니라 '안' 하려고 했다. 언제든 단속에 걸릴 수 있으므로.

포클랜드 어장에서 트롤어선들은 수율을 매일 측정하지 않고(실제로 자주 측정하기 어렵다) 몇 번 측정하여 평균 수율을 확정해서 쓰는 경우가 많았다.

가지런히 나열하라

　　냉동(팬)에 담긴 어획물들의 모습이다. |사진 69·70| 어획물들은 이렇게 담겨 역시 컨베이어를 통해 급냉실(급속냉동실)로 들어간다. 분류되고 잘리고 팬에 담겨 급냉실로 향하는, 그들의 최후가 결정나는 순간이다. 저렇게 팬에 담는 것을 '나열(다대)'이라고 한다.

　　처리부는 대개 나열반·급냉반·어창반으로 나뉘는데, 대형 트롤선의 경우 초보 처리부원들이 보통 나열반에 속한다. 가장 쉬운 축에 드는 작업이기 때문이다. 하지만 사이즈를 구별하는 것은 쉽지 않다. 정확한 크기와 마릿수를 지켜야 하는데 그게 어렵다. 생선

| 사진 69 |

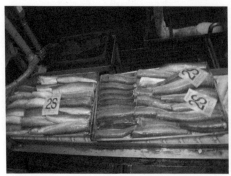

| 사진 70 |

포클랜드 어장 가는 길

은 유선형이라 팬에 담기도 쉽지 않다. 명태의 경우 팬 양쪽 가장자리로 머리를 두면 중앙에 양쪽 꼬리가 만나는 부분이 움푹 들어가므로, 그곳을 작은 사이즈의 동일 어종으로 채우는 방식으로 담는다. 가운데 담는 작은 사이즈의 생선을 '앙코'라고 한다. 명태의 경우 사이즈를 '3통, 5통, 7통…' 식으로 부르는데, 그 숫자는 팬의 양 가장자리 한편에 들어간 명태 수를 뜻한다. 가령 다섯 마리가 들어가면 5통이다. 그러니까 '5통 명태'는 팬의 양 가장자리에 다섯 마리씩 총 10마리가 들어가고, 앙코로 작은 사이즈가 더 들어간다고 보면 된다. 그리고 1단이 아니라 2단으로 넣어 한 팬을 만든다. 아마 거의 대부분의 어선에서 이런 방식으로 나열 작업을 할 것이다.

그래서 냉동된 어류를 보고 겉에 드러난 크기만으로 판단하면 안된다. 오징어는 별로 그런 경우가 없지만, 로리고(꼴뚜기)는 크기가 작아 한 팬에 들어가는 모든 개체를 가지런하게 나열할 수 없다. |사

| 사진 71 |

| 사진 72 |

161

진 71 · 72 | 그래서 위와 아래만 가지런하게 놓고 안쪽은 그냥 대충 공간만 채운다. 이렇게 한다고 해서 들어가야 할 마릿수가 적게 들어가는 것은 아니다. 무게는 딱 맞추어야 하기 때문이다. 수산물뿐 아니라 농산물도 이런 식으로 담는 경우가 있다. 딸기도 위에 보이는 부분에는 크고 좋은 것을 놓고 아래엔 자잘한 것을 담지 않는가.

가장 나열하기 어려운 어종 중 하나를 꼽는다면 장어(알젠틴장어)다. 목숨이 질기게 살아남아 꿈틀대기 때문이다. 팬에 담아 놓으면 빠져나가고 다시 담아 놓으면 빠져나가고 해서 여간 힘든 게 아니다. 그래서 생각해 낸 방법이 용접봉으로 전기 충격을 가해 잠시 기절시키는 것인데, 용접봉으로 지질 때마다 장어들이 충격으로 놀라 꿈틀대는 바람에 피시본드와 처리대가 흔들릴 정도다. 또 다른 방법은 가지런하게 팬에 담지 않고 폴리백에 무게만 맞춰서 담는 것이다. 장어는 대개 사료용으로 판매되니 모양보다는 무게만 맞추는 방법을 택한 듯하다. 장어는 나열 작업할 때만 애를 먹이는 게 아니다. 갑판에서도 끝자루에 끼인 것을 빼느라 고생하고, 처리실에서는 컨베이어 틈 사이로 요리조리 빠져나간다. 처리실 바닥이 온통 꿈틀대는 장어투성이가 되곤 하는데, 그 장어들을 일일이 다 올려서 처리를 해야 한다.

크기별로 일본판, 한국판, 오만판

가끔 큰 사이즈의 가오리나 홍어가 올라와 팬에 담을 수 없을 때
는 저렇게 잘라 가운데는 버리고 날개 부분만 담는다. |사진 73| 홍어
는 배에서 부식으로 가장 많이 이용하는 어종 중 하나다. 무침이나
회로 먹고 쪄서 먹기도 한다. 팬에 담겨진 어획물들은 컨베이어를

| 사진 73 |

| 사진 74 |

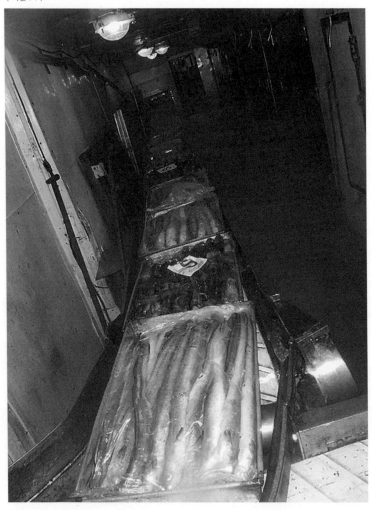

164

타고 줄줄이 급냉실로 옮겨진다. | 사진 74 |

처리대 주위에 걸려 있는 사이즈 조견표다. | 사진 75·76 | 하지만 저 표를 보고 일일이 숫자를 헤아리려 가며 팬에 담는 선원은 한 명도 없 다. 초장기에 선원들 중 숙련자가 없을 때 이용했던 것이리라. 아마 문명도 저랬을 것이다. 살다 보니 숙련자가 나타나고 그들이 삶의 멘토도 되고 말이다. 배에서 하는 일도 다 그렇다. 어쩌면 잘 몰라도 크게 걱정할 것이 없는 게 '뱃일'일 수도 있다. 주변에 숙련도 높은 사람이 널렸으니까 말이다.

사이즈에 따라 어획물을 구별하는 것은, 팬에 보기 좋게 담기 위 해서가 아니다. 사이즈별로 가격이 다르기 때문이다. 대체로 큰 것 이 작은 것보다 가격이 좋은 편이다. 인도양 오만 어장에서 조업할 때 도미와 갈치 중 큰 것은 모두 일본으로 보냈다('일본판'이라 부른

| 사진 75 |

| 사진 76 |

165

다). 작은 것은 한국으로 보냈는데 가끔 예외적인 상황이 있었으니 바로 명절 때였다. 명절엔 사이즈가 큰 것을 한국으로 보냈다. 갈치도 큰 것은 팬에 담겨지지 않아 드레스 처리를 했는데 그 제품은 전량 일본판이었고 작은 것은 한국판이었다. 드레스하지 않는 사이즈는 일명 '실갈치'라고 불렸는데, 이것은 팬 안에 돌돌 말아서 라운드 처리하였다.

그외 몇 가지 어종, 청돔(구찌미 다이)과 RC(병어) 그리고 킹피시(삼치) 등은 현지판(오만판)이라고 불렀다. 당시 오만에서 어획물을 납품받던 회사는 수도 무스카트Muscat에 있는 수산회사였다. 수산청과 밀접한 관련이 있는 회사로, 거의 대부분 군인들의 부식으로 납품한다고 했다. 당시 오만은 군사정권이었고 그 끄나풀들이 다방면에서 권력을 쥐고 흔들면서 그런 일도 독점했던 것 같다.

좀 특이한 것은, 오만 시장에서 우리가 잡은 것과 같은 어종의 물고기를 파는 것을 보았는데, 어종명이 RC · K3 · D1 · D3 등으로 표기되어 있었다. 그것은 어종의 이름과는 상관없는 상업적 어업 특히 일본 수산협회에서 사용하던 어종 코드였다. K3는 노랑민어, D1은 참돔, D3는 흑돔이다. 아무리 용어가 현장에서 생겨나고 변화하는 생물 같은 것이라고 해도, 이건 좀 아니라는 생각이 들었다. 당연히 이름이 있을 텐데, 그 이름을 표기해야 하는 것 아닐까? 어떤 존재가 나름의 특성이나 의미를 가진 이름이 아니라 코드로 불린다는 것이 영 맘에 걸렸다. 하긴 물고기들 입장에서 보면, 인간이 붙여준 '이름'이든 '코드'든 큰 차이는 없을 것 같지만.

하루에 45톤 굽기

급속냉동실(급냉실)의 모습이다. |사진 77| 내가 승선한 배에는 급
냉실이 여덟 개 있었다. 처리대에서 어획물이 담긴 냉동팬들이 컨
베이어에 실려 이곳으로 오면 |사진 78| 칸칸마다 팬을 채워 넣은 다
음, '플레이트plate'(이곳에 냉매 파이프가 있어 냉기가 직접 어획물에 닿

|사진 77|

는다. 컨덕트conduct라고도 한다)를 유압으로 내려 어획물을 꽉 누르면서 냉기冷氣를 흘려보내면 급냉이 시작된다. |사진 79| 대략 4시간 정도 걸린다. 급냉실 한 개에 100팬 정도 들어간다고 하면, 총 800팬 정도를 4시간 만에 구울 수 있고, 그렇게 하루 여섯 번이면 4,800팬 정도 급냉 가능하다는 계산이 나온다. 하지만 그건 어디까지나 이론적인 계산이고, 실제로 그렇게 완벽하게 급냉 시스템을 돌릴 수 없으므로 대략 하루 45톤(2,000~2,500팬) 정도가 적정 급냉 처리량이다.

어선에선 어획물을 얼리는 것을 '굽는다'고 한다. 급냉된 어획물이 돌처럼 단단해지기 때문일 것이다. 예전엔 냉매冷媒로 대부분 암모니아를 사용했다. 그래서 급냉실이나 로비lobby(급냉 준비실)엔 늘 매캐한 냄새가 심하게 났다. 그게 정력에 치명적이라고 하여 선원들 사이에 급냉(부서)을 오래 뛰면 좆이 잘 서지 않는다는 소문이 돌았다. 정말 그런 것인지는 모르겠지만 매캐한 암모니아 가스를 흡입해서 좋을 것은 없을 테다.

급냉실에는 상품화되는 어획물뿐 아니라 온갖 것들이 모여든다. 부식으로 쓸 것도 급냉실 플레이트 위에 얹어 두고 옵서버 샘플을 얼릴 때도 그곳을 이용하였다. 한 가지 주의할 것은, 절대 급냉실 플레이트를 맨손으로 만지면 안 된다. 살짝 스치는 정도는 상관없겠지만 잠깐이라도 플레이트와 접촉하고 있으면 손이 급속으로 얼어 플레이트에 붙어 버린다. 당황해서 급하게 떼려고 하면 피부가 상하거나 동상에 걸릴 수 있다. 플레이트를 포함한 급냉실은 주기적으로 청소를 해 주었는데, 청소란 다른 게 아니라 물로 성에를 제거하는 것이다. 성에를 잘 제거해야 급냉 효율이 높아지기 때문이다.

| 사진 78 |

| 사진 79 |

얼려서 최대한 쌓기

급속냉동이 완료되면 냉동팬과 어획물을 분리시켜야 한다. 그 작업을 '탈팬(탈판)'이라고 한다. 급냉실에서 냉동된 팬을 끄집어내어 컨베이어 위에 뒤집어 놓는다. |사진 80| 로비로 옮겨진 냉동팬은 해수가 샤워 물줄기처럼 나오는 크리싱 파이프 밑으로 지나간다. |사진 81| 팬에 해수를 끼얹어 팬과 어획물을 분리시키는 것이다. 이렇게 탈팬한 어획물을 |사진 82| 폴리백에 집어넣고 |사진 83| 한 번 더 두꺼운 비닐 부대에 넣어 입구를 재봉한 다음 |사진 84| 어종과 사이즈를 표면에 기록하고 어창에 적재한다. 이것으로 처리실에서의 어획물 작업은 끝난다.

처리가 마무리된 어획물을 어창에 넣을 때도 당연히 어종별로 적재한다. 그래야 나중에 전재(어획물을 운반선으로 넘기는 것)를 하거나 하역할 때 수량을 수월하게 파악할 수 있다. 어창은 한 개가 아니라 보통 두 개 이상이다.

포클랜드 어장에서는 육지의 항구에 입항하여 하역하는 경우가 별로 없으므로 어창 적재 작업을 그리 꼼꼼하게 하지 않는다. 하지만 항구에 입항해서 어획물을 하역한다면 항구로 출발하기 전까지 최대한 많이 적재하려고 노력할 것이다. 어창은 물론이고 작은 어창 등에 넣어 둔 부식(냉동식품)도 모두 식당 근처 냉동고로 옮기고

| 사진 80 |

| 사진 81 |

| 사진 82 |

| 사진 84 |

| 사진 83 |

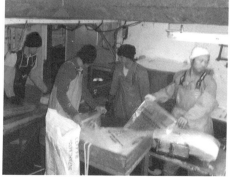

171

그곳을 어획물로 채우며, 부식도 다 먹었다면 부식 냉동고('식냉'이라고 한다)에도 어획물을 채운다. 마지막으로 급냉실 플레이트 공간뿐 아니라 그 위도 냉동팬이 들어갈 수 있는 곳은 몽땅 채우고, 급냉실 컨베이어 등 냉기冷氣가 들어갈 수만 있으면 모든 여유 공간을 어획물로 채운다. 심지어 로비에도 냉기를 집어넣어 어획물을 채우기도 한다.

어장에 따라 이런 작업은 더 확대될 수 있다. 예전에 북태평양 어장에서는 추운 겨울에 입항할 경우 최대한 어획물을 많이 적재하려고 어장과 급냉실, 로비, 식냉은 물론 피시본드와 갑판에도 어획물을 적재했다고 한다. 그럴 경우 갑판에 적재한 어획물이 녹는 것을 방지하기 위해 선원들을 동원해 '급냉 로비-피시본드-갑판' 사이를 일정 간격으로 '로테이션'시켰다고 한다. 정말 지독하다는 생각이 들었다.

대부분 배의 외판外板에는 '만재흘수선load draft line'이 표시되어 있다. 배의 강도에 따라 전 세계 바다의 염분 농도와 기상 등을 고려해 해역과 계절별로 안전한 흘수吃水(draft, 흘수는 배의 현舷(외판) 중에 물에 잠기는 부분이고, 물에 잠기지 않는 부분은 물에 젖지 않으므로 건조하다는 의미로 '건현乾舷'이라고 한다. 건현은 흘수의 반대 개념이라 할 수 있다)를 표시해 놓은 것이다. 그런데 어선에서는 만재흘수선 개념을 종종 무시한다. 몰라서 무시하기도 하고, 알고는 있지만 더 많이 적재하려고 무시하기도 한다. 바로 이런 것이 우리가 경계하고 조심해야 할 '구조적 위험'일 것이다.

상선은 이런 규정을 엄격하게 지키는 편이고 실제 항구에서 이를

검사하는 경우도 많다. 상선은 거의 대부분 출항하기 직전에 GM(G
는 무게중심이고, M은 배가 좌우로 횡요橫搖하는 수직선상의 기준점이
다. 보통 무게중심을 GM이라 부른다. GM이 선저船底에서 얼마나 떨어
져 있느냐에 따라 복원력이 결정되며 선저에서부터 미터로 표시된다),
곧 복원력의 기준이 되는 무게중심이 배의 어디쯤에 있는지 확인하
고, 배의 좌우 균형(밸런스)과 선수·선미 균형(트림)을 계산하여 문
서화하고 보관한다. 밸런스는 좌우가 같을수록 좋겠지만 트림은 선
수가 선미보다 일정 부분 높은 게 좋다. 그래야 배의 선속이 상대적
으로 빨라지고 선수에 부딪히는 파도에도 잘 견딜 수 있다. 하지만
너무 심하게 높으면 당연히 좋지 않다. 배의 균형이 쉽게 무너질 수
있고 회두력(배를 돌리는 것)도 불안해지기 때문이다.

남과 비슷해야 몸이 편하다

로리고loligo가 많이 올라왔다. |사진 85·86| 어획물이 올라오면 처리
장은 몇 개(팬) 정도 되겠다고 브리지에 보고해야 하는데 그걸 '맘보'
라고 한다. 예상 개수뿐 아니라 어종과 오물의 종류 및 상태를 보고
하면, 그 정보를 바탕으로 브리지에서 다음 조업의 향방을 결정한
다. 어획이 좋으면 브리지의 선장이나 초사도 처리실로 내려와 그
상황을 지켜보다가 올라가곤 한다. 관리나 정치인들이 민정시찰하
듯, 자신의 능력을 자랑하고픈 심리일 것이다. 하지만 알다시피 민
정시찰은 절대 '민정을 위한 시찰'이 아니다. 일종의 자기과시다!

요즘은 CCTV가 있어서 맘보의 중요성이 예전보단 못하지만,
그래도 현장에서 직접 관찰한 맘보보다 정확할 순 없을 것이다.
CCTV가 없을 때는 처리실 상황을 처리장이 직접 보고하거나, 하급
항해사가 상황을 살피러 처리실로 내려오기도 했다. 피시본드가 비
워져야 양망을 할 수 있으니까. 그때 하급 항해사는 처리실 상황도
살피고 담배도 한 대 태우면서 휴식을 취했다.

맘보는 맨 처음 보고하는 '예상 맘보', 중간에 변동(큰 변동이 아닐
지라도)이 있을 때 하는 '중간(수정) 맘보', 처리가 끝난 뒤에 하는 '최
종 맘보' 등이 있다. 최종 맘보도 처리실의 농간(?)에 따라 사실과 다
를 수 있다. 인도양 오만 어장에서 야간 조업은 초사 담당, 주간 조

| 사진 85 |

| 사진 86 |

업은 선장(2항사를 휘하에 둔) 담당이었는데, 선장 당직 시간에 성과의 일부를 빼내어 초사 당직 시간에 잡은 것으로 어획 성적을 조작(?)하기도 했다. 선장은 어획이 저조해도 뭐라 할 사람이 없지만, 초사가 고기를 못 잡으면 선장이 잔소리하는 경우가 있기 때문이다. 어선에서는 남과 비교해서 최소한 비슷하게는 잡아야 편하다. 옆에서 같은 크기의 배가 하루에 팬 1,000개 분량을 잡고 있는데 우리 배가 600개 잡고 있으면 편하지 않다. 하여 부진한 원인을 찾게 되고, 그러면 어구와 사람의 능력 문제가 늘 대두된다.

최종 어획량도 브리지에 보고되는 것과 처리장의 '장부'는 조금 다를 수 있다. 고기를 따로 팔아먹으려는 속셈이 아니라 나중에 문제가 생기지 않게 하려는 일종의 안전장치다. 가령 전재(어획물을 운반선으로 넘기는 것)할 때 혹시 수량이 맞지 않을 수 있으니 미리 얼마쯤 여유분을 가져간다. 남는 것은 괜찮지만 모자라는 것은 안 된다. 물론 남더라도 엄청나게 많이 남으면 안 된다. 수분 함유량을 적용해도 기록된 어획량보다 어창에 적재된 어획물이 10퍼센트 이상 더 있으면 안 된다.

최종 보고에 잡히지 않는 것도 있는데 그것은 모두 운반선이나 탱커 선물용이다. 바다 위에서든 육상에서든 어획물을 하역하다 보면 파손되는 게('바라'라고 한다) 나올 수 있으므로 당연히 보고하는 양보다 실제 보관하는 양이 조금 더 많아야 하는 것이다.

소음이 정보 다발로 변하는 기관실

기계(론)의 특징은 동일한 조건에서 늘 일정한 결과를 낳는다는 것이다. 한마디로 예측 가능하다는 것인데, 엄밀하게 말하면 그런 세계는 없다. 그것이 가능하려면 늘 변함없이 일정하게 유지되는 '특정 조건'이 필요하지만 실제 세계는 그렇지 못하다. 실제 세계에서 '일정함'은 지켜지기 어렵다. 아니 존재하지 않는다. 하여 끝없는 조정을 필요로 하고, 그리하여 기계론은 어떤 목적을 향해 끝없이 경주競走하는 모습을 보여 준다. 종교가 그렇듯이. 그런 점에서 종교와 과학은 유사한 패턴이라고 할 수 있다.

기관실도 마찬가지다. |사진 87·88| 믿어 의심치 않는 기계(기관)들이지만 반드시 기관부가 옆에서 지켜보고 있어야 한다. 실제 기관부가 하는 일은 기계들이 일정한 결과를 낼 수 있도록 지켜보고 돌봐 주는 것이다. 온도를 측정하고, 윤활유를 주입하고, 적당한 시기에 '스페어spare 파트'로 교체한다.

기관실은 늘 매우 시끄럽다. 그 시끄러움이 마치 이중주二重奏 같다. 상대적으로 시끄럽지 않은 세계를 만들어 내기 위한 몸부림 같기도 하고, 자신들에게 강제된 요구, 즉 '일정함'에 대한 스스로의 한계를 드러내는 마찰음 같기도 하다. 기관실은 너무 시끄러워서 기관부가 아닌 사람들은 그들이 하는 말을 잘 알아듣기 어렵다. 그래

| 사진 87 |

| 사진 88 |

서 그냥 막 소리를 지르고 만다. 반면 기관부들은 특정한 상황에서 필요한 정보를 소통하는 것이기에, 우리가 단순히 목소리라고 생각하는 것을 정보로 치환하여 이해한다. 어떤 상황에서 기관부원 한 명이 특정 공구를 들고 말을 하면 목소리가 잘 들리지 않아도 그게 무슨 의미인지 쉽게 알아먹는다. 즉, 어떤 의미를 '정보의 다발'로 취급하고 그것을 전달 체계로 이용하는 것이다.

이런 식의 정보 교환은 일상에서도 많이 이루어진다. 난해한 예술 작품을 이해하고 아름다움을 느끼는 방식도 마찬가지다. 이런 관점에서 보면, 인간이 만든 언어 시스템이 고도의 이성적 체계라 하더라도 정보 전달과 소통에는 그리 효과적이지 않다. 우리에게 전해지고 소통되고 의미 있는 것은 '정보의 다발'들이다.

배를 스타보드로 돌려라

타각舵角 지시계rudder indicator다. |사진89| 사진 속 타각 지시계는 스타보드starboard(오른쪽) 3°를 지시하고 있다. 실제 방향타方向舵(rudder)는 선미船尾의 선저船底에 있지만(프로펠러 뒤에 있다), 그걸 조정하는 것은 브리지에 있고 관련 기계들은 선미의 타기실rudder store에 있다. 만약 브리지에서 조정이 안 된다면 타기실에서 직접 조정해야 한다. 1천 톤급 트롤어선은 방향키 역시 거대해서 유압의 힘으로 움직인다. 각도는 40°까지 표시되어 있는데 실제 40°까지는 돌아가지 않고 최댓값이 보통 35°이다.

배에선 좌우 방향을 지시할 때 오른쪽, 왼쪽이라 하지 않고 오른쪽은 스타보드, 왼쪽은 포트port라고 부른다. 아마도 오래전에 배 오른쪽(스타보드)에서 별들을 관측하고, 부두에 배를 접안接岸할 때는 왼쪽(포트)으로 했던 관습 때문인 듯하다. 실제 선장의 방은 대체로 배의 스타보드에 있는 경우가 많다.

브리지 내에서 상급자가 내리는 방향타 명령을 '조타 명령'이라고 한다. 스타보드 쪽으로 최대한(35°) 돌리라는 명령어는 '하드hard 스타보드'다. 명령을 받는 사람은 반드시 복창하고 수행 결과도 복창해야 한다. 전달 과정에서 실수를 없애기 위함이다. 조타 명령은 보통 각도의 숫자로 전달되기도 하지만 특별한 방식의 용어도 있다.

| 사진 89 |

'스타보~드' 식으로 길게 늘여서 발음하면 스타보드로 15° 정도 돌리라는 것이다. '스타보드 이지easy'는 스타보드로 8° 정도 돌리라는 것, '낫싱nothing 스타보드'는 배가 현재의 코스에서 더 이상 스타보드로 돌아가지 않도록 하라는 것이다. 스타보드 쪽에 위험물이 있을 때 내린다. '스테디steady'는 현재의 코스를 유지하라는 것, '미드십midship'은 방향타를 중앙에 갖다 놓으라는 것이다.

이런 명령어들은 교과서적이고 고색창연한 느낌마저 들게 한다. 어선은 상선과 달리 항해가 주목적이 아니므로 상황에 따라 실무적인 것들로 변형되고 대체된다. 그래서 조타 명령도 대부분 구체적인 각도로 명령하고 대변침大變針(큰 방향 전환)일 경우에만 조타 명령을 내린다. 그래도 하드 스타보드, 미드십, 스테디, 낫싱 스타보드 같은 명령어는 아직도 많이 사용하는 편이다.

상선과 달리 대체로 조타수가 없는 어선에서는 당직자 중 가장 직급이 낮은 사람이 방향타를 잡는다. 가령 선장과 2항사가 당직을 서면 2항사가 방향타를 잡고, 3항사가 당직을 서면 3항사가 잡게 되어 있다. 그러다 보니 기지선에서 조업하는 작은 어선(350톤급)에서는 항해사가 승선한 지 1년이 지나도록 방향타만 잡다가 실제 항해나 어로 경험을 제대로 배우지 못하는 경우가 발생한다. 항해사로 승선하여 '키돌이'로 1년을 보내는 것이다. 일종의 행자 생활인 셈이다.

그러다 보니 불합리한 일도 많이 생긴다. 나는 4년제 수산대학을 졸업했답시고 처음부터 2항사로 승선했다. 당시 3항사들은 나보다 나이도 많고 연승어선에서 1항사 경험까지 한 사람들이었다. 하지만 트롤어선에서 3항사로 키돌이만 하다 보니 1년쯤 지난 후 적어도 트롤어선에 대한 경험과 지식은 나보다 못하게 되었다. 그런데 그걸 사람들은 '기울어진 운동장' 때문이라 생각하지 않고 학교나 인간의 우수성으로 여겼다. 우리 사회엔 이런 게 참으로 많다.

도선사의 9가지 명령

| 사진 90 |

텔레그래프telegraph(전령기)라는 계기다. | 사진 90 | 브리지의 엔진 명령을 기관실로 보내는 역할을 한다. 엔진을 조정하는 것이 아니라 브리지의 신호를 기관실에서 감지할 수 있게 해 주는 역할을 한다. 전화기와 비슷하다고 생각하면 되겠다. 가령 브리지에서 특정한 엔진 명령을 내리려고 바늘을 그 위치에 갖다 놓으면 기관실에도 똑같은 계기가 있어 확인할 수 있다. 그러면 기관실에서 그에 맞게 엔진을 사용한다.

지금 어선에서는 이 계기를 거의 사용하지 않는다. 트롤어선의 경우 CPP(control pitch propeller), 곧 스크루 각도를 조절하는 방식을 사용하기 때문이다. 그래서 그런가 손잡이도 없다. 마치 향수를 자극하는 추억의 골동품 같은 느낌이 든다.

보통의 배들은 속도를 올릴 때 프로펠러의 회전수를 조절한다. 이른바 RPM(revolution per minute) 방식이다. 그리고 후진할 때는 전진할 때와 반대 방향으로 회전을 시킨다. 이와 달리 CPP 방식은 회전의 방향과 횟수는 일정하게 두고 프로펠러의 각도(피치)만 조절해서 속도를 조절한다. 선풍기를 떠올려 보자. 선풍기 바람은 선풍기 날개의 일정한 각도(휨) 때문에 발생한다. 책받침 같이 평평한 것은 아무리 돌려 봐야 바람이 생기지 않는다. 그와 같은 원리를 배의 프로펠러에 적용한 것이 CPP 방식이다. 당연히 후진도 프로펠러의 회전 방향을 바꾸는 게 아니라 프로펠러 각도의 방향을 뒤로 하는 것이다. CPP 방식의 엔진뿐 아니라 RPM 방식을 사용하는 어선도 대부분 브리지에서 엔진을 조정한다. 이 모든 것을 조절하는 장치, 즉 '피치 컨트롤 박스'가 브리지에 있기 때문에 텔레그래프는 소용이 없다. 물론 사진 속 텔레그래프가 작동하지 않는 것은 아닐 것이다. 다만 쓸모가 없어졌을 뿐….

어선은 상선에 비해 엔진을 자주 사용하는 편이다. 상선은 입·출항 때 엔진을 많이 쓰고 항해할 때에는 비상시 외엔 거의 쓰지 않는다. 그래서 상선에는 '씨 스피드sea speed'라는 말이 있다. 대양에서 낼 수 있는 최대 속도라는 개념이다. 출항해서 큰 바다로 나오면 목적지 근처까지 그냥 전속력으로 달리는 것이다. 다양한 엔진Variety engine은 항내에서만 쓴다.

엔진 명령은 트롤어선의 경우 피치 각도를 몇 도로 하라는 식으로 내리지만, 항내에서는 국제 명칭을 사용한다. 국제적으로 사용되는 엔진 명령은 스톱 엔진stop engine(엔진 중립), 데드 슬로우 어헤드dead slow ahead(전진초미속), 슬로우 어헤드slow ahead(전진미속), 하프 어헤드half ahead(전진반속), 풀 어헤드full ahead(전진전속), 데드 슬로우 어스턴dead slow astern(후진초미속), 슬로우 어스턴slow astern(후진미속), 하프 어스턴half astern(후진반속), 풀 어스턴full astern(후진전속) 등 9가지가 있다. 데드 슬로우dead slow는 전진이든 후진이든 속력이 3노트 정도이며, 슬로우slow는 5노트, 하프half는 7~8노트, 풀full은 10노트 정도다. 그런데 같은 강도의 엔진 명령이라도 후진은 전진만큼 속력이 나오지 않는다. 왜냐하면 배는 대부분 전진 방향으로 속력을 잘 내게끔 설계가 되어 있기 때문이다.

또한 스톱 엔진과 피니시finish 엔진은 다르다. 피니시 엔진은 엔진(주기관)을 완전히 끄는 것이며, 스톱 엔진은 속력만 '0'인 상태, 즉 자동차로 말하면 기어가 중립인 상태라고 볼 수 있다. 배는 접선(바다에서 배들끼리 붙이는 것)을 하거나 항구에 입항했을 때 특별한 상황이 아니고는 엔진 전체를 완전히 끄는 경우는 없다. 주기관(메인 엔진)은 끄더라도 보조기관(발전기)은 늘 가동시켜 놓아야 한다. 냉동기를 비롯한 하역 장비(유압장비라고 할지라도) 그리고 각종 계기 등은 모두 전기가 있어야 작동되기 때문이다.

입·출항할 때 도선사는 아홉 가지 엔진 명령만 내리므로 어선에서는 그 명칭에 해당하는 속력을 사용하면 된다. 가령 배에 올라온 도선사가 풀 어헤드 명령을 내리면 10노트의 속력을 내야지 그 배의 최대 속력인 24노트를 내서는 안 된다. 국제적으로 사용되는 엔진 명령은 실제로는 항내에서 입·출항 중에 많이 사용된다. 주로 도선사가 내리는 명령으로 엔진 명령의 일반화(혹은 국제화)라고 보면 되겠다. 도선사가 승선하면 본선 선장은 자기 배의 특성을 설명해 주어야 하고, 도선사가 배를 조선操船할 때도 반드시 옆에서 지켜보아야 한다. 도선사가 배를 부리다가 사고를 내더라도 선장의 책임이 완전히 면책되는 것이 아니기 때문이다.

선회창 돌아가는 소리

자동차 와이퍼 역할을 하는 선회창screw view screen이다. |사진 91| 모터의 힘으로 동그란 부위가 강하게 돌아가면서 시야를 확보해 준다. 해수가 침투해 들어와 이곳에 소금 결정체가 생기곤 한다. 와이퍼 방식을 사용하는 배도 있지만 대개는 강한 파도에 견딜 수 있는 선회창을 사용한다.

먼바다에서 바람이 불고 파도가 치면 집 생각이 많이 난다. 선회창을 통해 뒤집어지는 거친 바다를 보고 있으면 윙 하는 소리와 함께 내가 어딘가에가 갇혀 있다는 느낌이 들기 때문이다.

어선은 상선보다 브리지가 낮은 편이다. 어선에 비하면 상선 브리지(하우스)는 고층아파트 같다. 그래서 어선은 날씨가 조금만 나빠도 파도가 브리지로 올라오는 경우가 많다. 북태평양 어장에서 피항을 한 번 하면 며칠씩 파도밭에서 배가 뒹굴곤 했다. 배가 파도를 타고 넘다가 뒤이어 오는 또 다른 파도 위로 떨어질 때가 있는데, 그땐 배 전체가 몸을 심하게 부르르 떨었다. 배는 물론이고 브리지, 그리고 브리지의 온갖 물건들이 계기들과 함께 떨렸다. 얼마나 심하게 떨리는지 무언가를 잡고 있지 않으면 넘어질 지경이었다. 그와 동시에 파도가 선수에서 부딪혀서 그 힘으로 브리지를 다시 한번 더 강타하거나 브리지를 훌쩍 넘어가 버리기도 했다. 그러면 선

| 사진 91 |

수 부분은 물속으로 잠기면서 마치 수영선수가 물을 내뿜는 것처럼 수십 톤의 물을 퍼 올렸다. 그걸 브리지에서 보고 있노라면 쩍쩍 갈라지는 파도 속으로 배가 곧 기어들어갈 것 같아 모골이 송연해졌다. 그때 선회창도 미친 듯이 모터 소리를 내며 돌아간다. 마치 이런 상황에서 빨리 벗어나고 싶다는 발악처럼. 그리고 마치 누군가가 돌아가는 선회창을 향해 쌀알 같은 것을 던지는 소리가 귀 속에 쟁쟁했다.

그땐 외롭고 또 무서웠다. '무서움'이란 관계 속에서 만들어지는 것이면서, '외로움'을 전제로 한다. 선회창의 회전 기계음은 무중霧中 항해처럼 몸속에 외로움의 흔적을 남겼다. 항적航跡은 곧 지워지겠지만 그 흔적은 '기억의 원뿔' 속에 차곡차곡 쌓였다.

이제 중국 어선의 선장은 중국인

바다를 실체實體라고 한다면 바람이나 파도 등은 실체가 표현된 것이리라. 바다에는 많은 것들이 함께 있다. 그 많은 것들이 어디선가 홀씨처럼 바다로 날아온 것은 아닐 것이다. 그들 모두가 바다다. 사람들은 생명의 홀씨가 어딘가에서 지구로 날아온 것처럼 말한다. 하지만 생명의 홀씨라고 불리는 것들도 이미 지구였다. 바다와 파도 그리고 그 모든 것들도 그와 같은 관계가 아닐까?

그런 의미에서 본다면, 트롤어선은 '기계론'으로서의 기계가 아니라 '기계주의'의 기계처럼 보여진다. 기계주의란 '원인과 결과'보다 '작동'에 주목하는 관점이다. 가령 우리 입도 그렇다. 무엇과 접속하느냐에 따라 작동 방식이 달라진다. 트롤어선은 그 자체로 하나의 유기체처럼 작동한다. 끝없이 파도를 견디고 밤낮 없이 조업을 수행하는 것, 어획된 것들을 골라내고 그렇지 않을 것들을 옆구리로 토해 내는 것이 그렇다. 무엇보다 이렇게 해서 주변을 끝없이 자신의 욕망으로 물들여 나간다는 점에서 생명체와 비슷하다.

바다에서 트롤어선이 수행하는 임무가 바로 그것이고, 그러므로 늘 흔적을 남긴다. 동물의 세계를 보면 어떤 생명체가 살았던 자리엔 늘 흔적이 남는다. 그리고 그 흔적 주위로 이내 다른 생명체들이 몰려든다. 살아 있는 것은 모두 죽기 직전까지 꿈틀거린다. 우린 그

| 사진 92 |

꿈틀거림을 주워 담아야만 살아갈 수 있다. 그런데 더 큰 그림으로 보면, 그 모든 것을 포함한 것도 역시 꿈틀거림이라 할 수 있을 것이다. 그렇게 그들은 더 큰 꿈틀거림이 된다.

　같은 어장에서 조업하는 중국 트롤어선이다. |사진 92| 지금은 예망 중이고 선미에 바닷속으로 들어간 메인 와프가 보인다. 우리와 달리 유럽식 배로 1,500톤급이다. 처음 어장에 출어했을 땐 중국 배에 한국 출신 선장들을 승선시켰으나 지금은 기술을 다 전수받았는지 대부분 중국 선장들이라고 한다. 한국이 원양어업의 전성기를 다 지나온 상태라면 이게 중국이 그 전성기를 지나가고 있는 중이다.

포클랜드 어장 가는 길

비악질 상어를 다시 풀어준대도

비악질상어porbeagle shark가 거의 죽은 채로 올라왔다. | 사진 93·94 | 트롤어선에는 아주 드물게 상어가 올라오는데, 살아 있는 상태로 올라와서 방류한다 해도 다시 살아날 확률은 매우 낮다. 끝자루에 갇혀

| 사진 93 |

| 사진 94 |

194

포클랜드 어장 가는 길

몇 시간 동안 엄청난 고통과 스트레스를 받았기 때문이다. 상어뿐 아니라 생존 방류한 모든 어종들이 살아남기 어렵다. 하루에 한 마리씩 연이틀 상어가 올라왔는데 아마도 가족이 아닐까 추측해 본다.

어장을 지속 가능하게 보호하는 방법은 여러 가지가 있다. 그중 하나가 금지어종을 정하는 것이다. 어구를 제한하는 방법도 있다. 그라운드 무게 제한, 체인 부착 금지, 그물코(망목) 크기 제한, 내장 망內臟網이나 2~3중망(이것들은 모두 망목을 작게 하는 효과가 있다) 금지 등이 가능하다. 금지어종을 포획 즉시 모두 방류하게 할 수도 있다. 하지만 그 어떤 방법도 '금어기禁漁期'를 정하는 것보다 좋지 못한 것 같다. 쿼터를 정하고 쿼터가 소진되면 자원이 재생산될 때까지 어장을 폐쇄하는 방법이 최고인데, 그러려면 전체 자원의 양을 정확하게 측정할 수 있어야 한다.

그와 더불어 원양어업과 관련 종사자들의 인식 변화도 필요하다. 그런데 의식은 늘 물질과 관련되어 있는 것이기에 결국 물질적 토대가 바뀌지 않으면 안 된다. 그게 삶의 질적 향상이다. 3D 업종을 넘어 '4D(3D 업종에 거리distance를 추가한 개념) 업종'으로 불리는 원양어선 선원들이 처해 있는 노동조건의 개선 없이는 불가능하다는 말이다.

그들이 부둥켜안았던 선수루갑판

선수루갑판船首樓甲板(forecastle deck)이다. |사진 95| 트롤어선의 선수루갑판엔 주로 예비그물(망지)을 놓아 둔다. 이곳뿐 아니라 톱 브리지(브리지의 위층)도 어구들로 가득하다. 사진 아래쪽 중앙에 널따란 네모 모양은 1번 어창 해치(어창의 문)다. 이곳을 열고 어창에 있는 어획물을 하역한다. 영화 〈타이타닉〉에서 연인들이 부둥켜안고 사랑을 나누었던 배의 맨 앞쪽은 깃발을 꽂는 곳이다. 저곳에는 국기가 아니라 회사 깃발을 꽂는다. 선적항(사람으로 치면 본적 같은 개념)이 속한 국가의 국기는 선미에 꽂고, 입항하는 국가의 국기는 톱 브리지 마스트mast(깃대)에 꽂는다. 양쪽에 블록과 와이어가 달려 있는 두 개의 흰색 기둥은 데리크 붐derrick boom으로 하역할 때 세워서 사용한다. 그리고 선수에는 배의 중요한 장비 중 하나로 앵커를 작동하는 양묘기windlass가 있다.

상선이든 어선이든 선수루갑판에 낭만 따위는 없다. 선원들은 업무 이외의 일로 저곳에 갈 시간이 거의 없다. 그물을 가지러 가거나, 앵커를 놓으러 가거나 그것도 아니라면 이른바 '깡깡작업'이 있을 뿐이다. 깡깡작업은 배에서 가장 흔히 하는 작업으로 녹청, 즉 녹을 털어 내는 작업이다. 소금기 가득한 바다 위에 늘 떠 있어야 하는 '쇠로 만든 배'들이 원죄처럼 절대 벗어날 수 없는 것이 바로 철판에

| 사진 95 |

피는 녹이다. 그걸 털어 내는 게 깡깡작업이다.

끝이 납작하고 뾰족한 '깡깡망치cheaping hammer'로 녹이 핀 곳을 수 없이 두드려 페인트들과 녹을 털어 낸 뒤 그곳을 '그라인더 페이퍼'로 문지르고, 다시 녹을 방지하는 페인트(광명단, '사비'라고 부른다)를 칠하고 그 위에 다시 일반 페인트를 칠한다. 그 지긋지긋한 깡깡작업을 가장 많이 해야 하는 곳이 바로 선수루갑판이다. 배가 바다에 떠 있을 때 선원들에게 깡깡작업시키에 가장 좋은 장소이기 때문이다. 깡깡작업을 할 땐 쇳가루가 튀어 눈에 들어갈 수 있으므로 반드시 보안경을 착용해야 한다.

앵커를 놓을 때도 마찬가지다. 앵커 체인은 '체인 룸'에 오랫동안 쌓여 있었기에 녹이 많이 피어 있고, 앵커를 렛고 하면 앵커 체인이 급격하게 풀리면서 녹(쇳가루가 섞인)들이 튄다. 그때 앵커 체인보다 '바람 하下'에 서 있으면 쇳가루가 눈에 들어가기 십상이다.

우리도 예전엔 저렇게 웃었는데

그들은 카메라를 들이대면 늘 웃는다. | 사진 96 · 97 · 98 | 그런 모습이 참 좋았다. 날 아부지라고 부르면서 많은 도움을 준 그들에게 고맙다는 말을 전하고 싶다.

나도 저들과 비슷한 나이에 돈을 벌기 위해 먼바다로 나갔었다.

| 사진 96 |

| 사진 97 |

| 사진 98 |

그곳에서 처음 나 홀로 떨어져 있다는 느낌과 고독을 맛보았고 아이처럼 가족을 그리워하기도 했다. 그래도 점차 일에 숙련되면서 세월은 그럭저럭 지나갔다. 가족은 힘을 내게 하는 마성魔性을 갖고 있는 것 같다. 당연히 저들도 가족이 있을 것이다.

우리도 예전엔 저렇게 웃는 사람들이었는데, 경제가 발전하고 삶의 범위가 넓어지고 복잡해지면서 웃음을 점점 잃어버린 것 같다. 경제가 발전할수록 그와 비례해서 행복해지지 않는 현상을 어떻게 생각해야 할까? 그게 아니라고, 경제가 발전해서 모두 예전보다 더 행복하다고, 그러니까 경제가 더 발전해야 한다고 말하는 사람도 있을 것이다. 그런데 왜 우리는 '헬조선'이라는 말을 입에 달고 사는가.

경제가 발전했음에도 사회 시스템이 잘못 짜여 있어서 혹은 잘못 운영되어서 행복하지 못한 것이 아니라, 혹시 그 경제발전이라는 것 때문에 우린 행복해질 수 없는 건 아닐까? 물질적 부는 삶에서 매우 중요한 요소지만 일정한 선을 넘으면 오히려 자신을 짓누르는 것으로 변질된다. 경제발전 자체가 '자연을 거스르는 방법'으로 부를 집적하는 과정이기 때문이다. 그렇다면 그렇지 않은 방법으로 부를 쌓고 위험한(?) 선을 넘지 않으면 될 것 아니냐고 물을 수 있겠다. 안타깝지만 그런 방법은 없다.

그것은 마치 부자가 천국에 들어갈 수 없는 것과 같다. 올바른 방법으론 부자가 될 수 없다. 그러니까 부자는 '잘사는' 사람이 아니다. '잘살면' 절대로 부자가 될 수 없다. '잘못 살아야' 부자가 될 수 있다. 경제가 발전하여 물질적 부가 넘쳐나면 행복해질 수 없는 것은 당연한 결과다. 그래도 참아 보겠다고 한다면 어쩔 수 없겠지만, 중요한 것은 지금 우리가 살고 있는 세계는 우리 것이 아니라는 사실이다. 그렇다면 행복해질 수 있는 길을 모색하고 그런 세상을 만들도록 함께 노력해야 하지 않을까? 당연히 그 일은 혼자 할 수 있는 게 아니며, 한두 가지 방법만 있는 것도 아닐 것이다.

처리실 컨베이어를 타고 이동(?) 중인 장난기 가득한 필리핀 기관부원이다. |사진99| 들리는 소문으론 몬테비데오에 애인이 있다고 하였다. 사진보다 실물이 훨씬 잘생겼다. 기관부에서 손재주 있고 실력 좋기로 칭찬이 자자했고, 옵서버가 사용하는 측정용 저울을 군말 없이 몇 번이나 수리해 주기도 했다.

브리지와 마찬가지로 기관실도 외국인 선원들이 사관들과 함께 당직을 선다. 브리지에서는 일명 '키돌이'를 하고 기관실에서는 '오일러oiler' 역할을 하는 것이다. 연승어선에서는 2항사와 2기사 역할을 외국인 선원들이 하고 있었다. 현재 한국 선원들은 대개 50대다. 이대로 가다가는 사관들도 외국인 노동자를 써야 할 판이다. 실제로 원양어선엔 젊은 사람들이 거의 없다. 내가 승선한 배에 수고水高를 졸업한 20대 초반 2항사가 있었는데 천연기념물로 통했을 정도다. 1980년대 원양어선엔 사관은 물론이고 모든 선원이 한국 선원이었다. 브리지에서 근무하는 항해사만도 다섯 명이나 되었다. 그때에 비하면 세상이 많이 변했다. 바다가 아니라 육지에 일할 게 많다는 것은 좋은 일이겠으나, 바다에서 일하는 것도 그리 나쁘진 않다는 걸 알아줬으면….

| 사진 99 |

삶의 주름을 만드는 시간의 속도

해질 무렵 바다 모습이다. |사진 100| 오늘도 하루가 가는구나 하는 생각이 든다. 똑같은 시간이지만 어디서 무엇을 하느냐에 따라 시간은 다르게 흐른다. 그것은 아마도 시간이 양적인 것이 아니라 질적인 것이기 때문일 테다. 질적이라는 의미는 시간이 주름을 갖고 있다는 말이다. 주름이 펼쳐졌다가 합쳐졌다가 하는 것이다. 바다에서의 시간도 그렇다.

아무 일도 하지 않으면 시간이 더 더디게 간다. 양망을 하고 처리실로 내려가 샘플도 만들고 어종 선별도 하고 그들과 함께 웃으면서 경쟁적(?)으로 새우도 줍고 하면 시간이 참 잘 간다. 하지만 그 현장에서 바로 즉시 어떤 의미를 발견하기란 쉽지 않다. 그래서 배에선 글을 거의 쓰지 못했다. 이런 경험들은 일정 시간이 지난 뒤 마치 저장식품처럼 발효되면서 올라온다. 단순하게 선을 타고 올라오는 게 아니라 온갖 기억들을 직조하면서 올라온다. 그것이 현장을 한 번 더 새롭게 만든다. 일종의 '몸의 기억'인데, 거대하고 무거운 사건만 기억되는 게 아니라 아주 사소한 사건들이 잠복해 있다가 스멀스멀 기어 올라온다. 그것이 나중에 거대하고 무거운 기억이 된다. 그런 기억을 통해 누구나 새롭게 태어날 수 있다.

이는 곧 시간이 속도임을 뜻하는 것 아닐까? 만약 속도감을 전혀 느낄 수 없다면 시간은 어떻게 흐를까? 그냥 단순하게 한 장씩 메모지처럼 쌓이기만 할 것이다. 반면 시간은 속도이기에 늘 어떤 사건들을 만들어 내고 다시 만나게 한다. 그런 속도감에 위협을 느끼기도 하지만, 그 순간들이 축적되어 새로운 재미를 만들어 낸다. 그것은 어쩌면 충돌이다! 포클랜드 어장에서의 경험도 그랬다. 이미 지나가 버린 일들이지만 들추어 볼수록 새로운 냄새가 나고, 그게 다시 살 수 있게 하는 힘이 된다는 걸 알았다. 이런 작업이 계속되어야 한다고 믿는 이유다.

| 사진 100 |

바다에서 1마일이면 바로 옆

본선 오터 보드 너머 바다에 배(한국 트롤어선)가 보인다. | **사진 101** | 멀어 보이지만 저 정도면 가까이 있는 것이다. 사실은 바로 옆에 있다고 할 수 있다. 두 배 사이를 흰알바트로스가 홀로 날고 있다.

사람들이 느끼는 거리감은 참으로 주관적이다. 사진 속 거리라면 3마일 정도로 5,500미터 이상 떨어져 있으니, 육지에서라면 매우 멀리 떨어진 것으로 감각될 것이다. 그런데 바다에서는, 특히 배에서는 1마일 정도 거리를 아주 가깝다고 말한다. 숫자 1이 주는 느낌 때문인지, 위험한 반경 내라고 감각하는 것이다. 가령 0.2마일은 370미터인데 이 정도면 육지에서는 아직 여유가 많다고 느낄 테지만 바다에서는 그렇지 않다. 거의 붙었다고 감각한다. 거리 혹은 내부와 바깥이라는 감각이 주관적 감각임을 의미한다.

우리가 은하계에서 지구를 향해 항해하고 있다고 상상해 보자. 몇 만 년 동안 광활한 은하계를 지나오다가 태양이 보이기 시작하면 '아, 태양이다 드디어 태양계다'라고 소리치면서 마치 지구, 그리고 집에 다 왔다는 생각이 들 것이다. 예전에 북태평양 어장에서 조업을 마치고 돌아올 때 일본의 쓰가루해협(홋카이도와 혼슈 사이의 해협)을 지나 동해에만 들어서도 마치 집에 다 온 것 같은 느낌이 들었다. 우리의 공간 감각이 그렇다. 국내를 여행하다가 부산 경계에만

| 사진 101 |

들어와도 집에 다 왔다는 생각이 드는 것처럼 말이다.

그래서 어선들은 보이스 통신이 되는 범위 내에만 있으면 곁에 있다고 생각한다. 혹은 같은 어장에만 있어도 그런 생각이 든다. 어떤 연승어선 선장은 부산 감천항에서 출항하여 경도經度로 서경西經 160°를 넘어 동쪽으로 들어가기 시작하니까 홈그라운드에 온 느낌이 들더라고 했다. 우리는 그렇게 포클랜드 어장에 '옹기종기(?)' 모여 조업을 일삼았다. 사소하고도 행복한 대화를 나누면서 말이다.

포클랜드 어장 가는 길

접선은 위험하다

| 사진 102 |

'페어 리더fair leader'다. | 사진 102 | 한 개는 부러져 버렸다. 왼쪽 것이 정상이고 오른쪽 것은 드럼이 부서져 달아나 버린 것이다. 배를 접안接岸하거나 다른 배와 접선할 때 구멍으로 '모얏줄mooring line'(계류용 밧줄)을 인출하거나 다른 배로부터 모얏줄을 받는데, 굵고 무거운 모얏줄을 그냥 당기려면 힘드니까 페어 리더에 걸어 당긴다. 드럼의 회전력에 기대면 수월하게 당길 수 있다. 접안은 항내港內, 즉 바다가 아주 잔잔한 상태에서 이루어지는 것이라 큰 위험이 없지만 바다에서의 접선은 그렇지 않다. 이렇게 페어 리더 등이 파손될 수

도 있고 심한 경우 모얏줄이 터질 수도 있다.

끝부분이 와이어로 연결된 모얏줄도 있지만, 대부분의 모얏줄은 지름 70~80밀리미터 정도의 섬유를 꼬아 만든 로프다. 이게 터질 경우, 그리고 그걸 사람이 맞았을 때 큰 사고로 이어질 수 있으며, 뼈가 부러지는 등 심각한 부상을 입기도 한다. 실제로 북태평양 어장에서 기상이 좋지 못한 상태에서 접선을 강행하다가 모얏줄이 터져 초사가 다리에 큰 부상을 입는 사고가 났다. 다친 초사는 출동한 헬리콥터로 긴급 후송되었는데, 진단 결과 맞은 부분의 뼈가 그냥 부러진 게 아니라 가루가 났다고 했다.

상선들은 대부분 선미와 선수에 모얏줄을 감고 푸는 전용 윈치가 있다. 그래서 인출할 때도 감을 때도 사람의 힘이 거의 필요 없다. 그냥 다른 배에서 던져 주는 모얏줄 끝의 고리를 자기 배의 '비트 beat'(모얏줄 등을 걸기 위한 쇠기둥)에 걸고, 자기 배의 모얏줄을 인출할 때에도 상대방이 비트에 걸었다는 신호만 주면 트롤 윈치를 감듯 드럼에 감긴 모얏줄을 팽팽할 때까지 감아 주면 끝이다.

반면 어선은 대형선이면 몰라도 1,500톤급 이하는 공간이 좁아 모얏줄 전용 윈치를 설치하기 어렵다. 그래서 선원들이 함께 모얏줄을 당겨 비트에 고정시킨다. 비트에 고정시키는 방법은 여러 가지가 있는데, 보통 '8자 타입'이라고 해서 모얏줄을 두 개의 비트에 이러저리 8자형으로 여러 번 감아 둔다. 그러면 모얏줄이 끊어지면 끊어졌지 절대 풀리진 않는다. 당기면 당길수록 두 개의 비트에 감긴 모얏줄들이 서로 엇갈린 상태에서 장력과 마찰력이 작용하여 단단하게 얽히기 때문이다.

　　다만 이런 작업을 사람이 직접 해야 한다는 것 자체가 매우 긴급한 상황이며 그만큼 위험한 일이다. 악어이빨crocodile spanner(너트를 풀거나 조일 때 사용하는 어구) 뒤에 보이는 와이어가 '8자 타입'으로 고정된 모습이다. | 사진 103 |

상대의 적색등을 왼쪽으로 보며 피하라

선수루갑판에서 본 브리지와 톱 브리지다. **|사진 104|** 현창이 여러 개 달린 곳이 브리지, 그 위 수많은 안테나가 설치된 곳이 톱 브리지다. 안테나는 모두 GPS와 통신 관련 장비다. 오른쪽에 밥그릇을 엎어 놓은 것 같은 둥근 물체는 위성전화 안테나이고, 가운데 가로로 매달린 큰 막대기 두 개는 레이더 스캐너scanner다. 아래쪽에는 로프와 어구 그리고 산소통이 보인다. 레이더 스캐너가 설치된 곳이 마스트mast(깃대)로, 여기에 항해등燈이 달려 있다. 항해등은 모두 법정 비품이다.

항해등의 기본은 브리지 좌우에 켜는 현등舷燈, 톱 브리지 마스트의 마스트등, 그리고 선미에 있는 선미등이다. 야간에 멀리서 보면 배는 오직 불빛만 보인다. 불빛의 배치를 보면 대략 무슨 배인지 알 수 있으며, 상선과 어선도 구분할 수 있다. 상선은 브리지가 (중간에 있는 경우도 있지만) 대체로 선미에 있다. 트롤어선은 배 길이의 5분의 4 되는 선수에 브리지가 있으며, 연승어선은 트롤어선보다는 조금 뒤쪽이지만 둘 다 거의 선수에 있다.

항해등만 보면 그 배가 조업을 하고 있는지 항해를 하고 있는지 혹은 정지해 있는지도 알 수 있다. 조업할 때 조업등을 켜기 때문이다. 항해등 중에서 가장 중요한 것은 좌우현에 켜는 현등이다. 야간

| 사진 104 |

 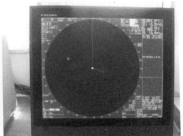

| 사진 105 |　　　　　　　　　　　　　　| 사진 106 |

에 좌현은 적색, 우현은 녹색 등을 켜야 한다. 현등만 봐도 대략 그 배가 어디로 가는지 그리고 내가 탄 배의 항로와 관련이 있는지 알 수 있다. 가령 적색등이 보인다면 그 배의 좌현이 보이는 것이므로 본선의 왼쪽으로 가고 있는 것이고, 녹색등이 보인다면 그 반대다. 적색등과 녹색등이 동시에 보이면 본선으로 다가오는 배이다.

　바다에서 배들끼리 정면으로 만났을 때는 서로 상대의 왼쪽port side을 보면서 피한다. 이것을 '포트 바이 포트port by port'라고 한다. 이렇게 하는 것은 작은 차이지만 대체로 배가 우회전할 때 회두력의 효과가 더 좋기 때문다. 배의 프로펠러가 오른쪽으로 돌아가면서 추진력(우암차 추진력)을 내도록 되어 있기 때문이다. 정면이 아니라 서로 횡단하는 경우도 마찬가지다. 상대방 배의 우현을 보는 배는 그대로 항로를 유지하고 상대방의 좌현을 보는 배가 우회전하여 피하는 것이 원칙이다.

　그런데 이건 원칙일 뿐 상황에 따라 가까워지기 전에 작은 변침으

로 충돌 위험을 미연에 방지하는 게 가장 좋다. 그렇다면 피항선, 유지선 따질 것 없이 상대방의 옆구리를 정횡abeam으로 보고 있는 배가 우회전하여 피하면 될 것이다. 요즘은 상대방 배의 정보를 GPS가 연동된 레이더와 'AIS 시스템'이 다 알려 준다. |사진 105·106| 레이더를 켜고 상대방 배를 찍기contact만 하면 선명船名, 위치, 코스는 물론 목적 항까지 알 수 있다.

그래도 결국 중요한 역할을 하는 것은 인간이다. 실제 배들의 왕래가 잦은 협수로夾水路에서는 서로 긴장하여 견시見示를 잘 하기에 사고가 잘 나지 않는 반면, 오히려 허허벌판 같은 대양에서 사고가 나는 것은 결국 인간의 문제라고 해야 할 것이다.

비둘기바다제비, 검은눈썹알바트로스…

옵서버는 바닷새도 관찰한다. 어떤 새가 얼마만큼 출현하는지, 어구에 손상당하는 바닷새는 없는지 등을 관찰하는 것이다. 포클랜드 어장, 즉 'FAO 41해구 공해 어장'에서 흔히 관찰되는 바닷새는 흰알바트로스, 검은눈썹알바트로스, 북방큰바다제비, 흰턱바다제비, 비둘기바다제비 등 5종이다. 새 전문가가 아니고서는 주변에 날아다니는 새의 이름을 정확하게 파악하는 것은 쉽지 않다.

바닷새들은 양망할 때 끝자루에 있는 어획물을 먹으려고 달려들곤 한다. 그때 그물코에 발이 끼이기도 하고 와이어의 '아이 스플라이스eye splice'('와이어 샤시'라고도 한다. 와이어의 끝단을 둥글게 만들어서로 연결하거나 다른 곳에 걸기 위한 장치) 부위에 튀어나온 와이어 철심 가닥(와이어 가시)에 날개 부분이 걸리기도 한다. 일명 '와이어 샤시'라 불리는 가시 부분은 제작할 때 와이어 커터기로 확실하게 절단해 주지만, 사용하다 보면 노후되어 다시 튀어나오곤 한다. 이 가시에 새들뿐 아니라 사람도 손을 찔려 다친다. 요즘에는 와이어 샤시를 사람 손으로 직접 만들지 않고 대형 알루미늄 클립으로 처리해 버리는 경우도 많다.

내가 관찰하는 동안에는 조업 과정에서 바닷새가 피해를 입는 일은 없었고, 바닷새가 배로 날아와 머물렀던 적은 몇 번 있다. 한번은

| 사진 107 |

전재할 때 비둘기바다제비가 갑판에 내려와 앉았다가 날지 못하고 머물러 있었다. 아마 처음엔 갑판이 미끄러워 날지 못하였고 날려고 안간힘을 쓰다가 온몸에 기름 등이 붙어 지쳐 버린 것 같았다. 안전하게 포획하여 선미에서 날려 보내 주었다.

또 한번은 역시 비둘기바다제비가 선수 사이드 데크에 있던 '에어펜더air fender' 위에 내려앉아 날아가지 못하고 있었는데 부상을 당했는지 아주 가까이 가도 꿈쩍도 하지 않았다. I 사진 107 I 다행히 몇 시간 뒤에 가 보니 회복되었는지 날아가 버렸다.

오징어와 로리고의 차이

오징어(위)와 로리고(아래)다. | 사진 108 | 보통은 오징어가 로리고보다 훨씬 크지만 사진은 그 반대다. 겉모습에서 둘의 가장 큰 차이는 등의 색깔이다. 오징어는 등에 짙은 황갈색 점이 있고 등 가운데가 유난히 농도가 짙다. 반면 로리고는 점들이 전체적으로 퍼져서 분포되어 있다.

'오징어squid'는 말 그대로 오징어라고 보면 되고, 로리고oligo는 한

| 사진 108 |

치 혹은 꼴뚜기라고 생각하면 되겠다. 1980년대 인도양 오만 어장에서는 갑오징어cuttlefish가 주요 목표 어종이었다. 그 외 문어, 낙지, 쭈꾸미 등을 포함하여 모두 두족류로 분류되는데, 종류가 너무 많아서 국가에 따라 이름이 중복되는 것도 많다. |표1|

현재 통용되는 이런 식의 분류법은 잘 알다시피 서구에서 시작된 것이다. 하지만 서구의 분류법이 유일한 것, 가장 좋은 것은 아니다. 매우 합리적인 것 같지만 실생활에서는 적절하지 않을 때도 있다. 서구 분류법의 특징은 생물을 '본질적' 관점으로 파악한다는 것인데, 오히려 분류는 '관계론'적 관점으로 접근하는 것이 더 좋지 않을까? 전문가들이 정한 생물의 분류를 평가하는 게 좀 그렇지만, 일상

| 표 1 |

	품종명	학명	영문명
두족류	갑오징어류	Sepiidae spp.	Cuttlefishes
	귀갑오징어류	Sepioidea spp.	Bobtail squids
	문어류	Octopodidae spp.	Incirrate octopods
	참문어	Octopus vulgaris	Common octopus
	낙지	Octopus minor	Whiparm octopus
	주꾸미	Octopus ocellatus	Webfoot octopus
	오징어류	Oegopsida spp.	Oegopsid squid
	살오징어	Todarodes pacificus	Common squid
	꼴뚜기류	Loliginidoe spp.	Myopsid squid
	기타두족류	Cephal opoda	other Cephalopods

에서는 그게 더 생경하게 느껴질 때도 있으니 말이다.

일상에선 서구 분류학이 정한 경계를 넘나드는 경우가 허다하다. (생물학 분야만 그런 것은 아닐 것이다) 가령 개와 고양이를 생각해 보자. 개와 고양이는 서구 분류학으로 보면 분명 다른 종이지만, 우리에겐 같은 종인 '고양이와 호랑이'의 관계보다 '개와 고양이'의 관계가 훨씬 더 가까워 보인다. 아메리카 원주민들은 자신들의 필요에 따라 동식물을 다양하게 분류했는데, 실생활에 훨씬 도움이 되었다고 한다.

서구의 분류법은 너무 본질적이어서 일상에서 쓸모가 없다고 여겨질 때가 많다. 인간 중심의 직선적인 분류! 서구의 관점은 늘 자신들이 '객관적'이라는 전제를 깔고 있다. 세계의 영토도 자기들 마음대로 직선으로 구획하여 자기 땅이라고 선포하지 않았는가. 아프리카와 중동의 직선으로 이루어진 국경이 그렇고, 예전 우리 땅에도 '38도선'이라는 직선으로 된 국경선이 잠시 동안 있었다. 하지만 인간을 포함한 모든 존재는 그렇게 살지 않을 뿐 아니라 살아갈 수도 없다. 지금의 휴전선이 예전의 38도선에 비해 훨씬 더 살아 있는 것처럼 보이는 것도 그런 이유 때문이다. 살아 있는, 꿈틀거리는 것들이 사는 곳이 지구인데 어떻게 직선적 구획이 가능하겠는가. 서구의 생물 분류법이 직선의 구획으로 여겨지는 것은 나만의 생각은 아닐 것이다.

세상에 완벽한 정보란 없다

해도실海圖室의 모습이다. **| 사진 109 |** 하지만 해도는 보이지 않는다. 종이 해도를 쓰지 않기 때문이다. 해도는 모두 아래 서랍 속에 들어 있다. 요즘은 '전자해도sea map' **| 사진 110 |** 를 사용하는데, GPS와 오토파일럿auto pilot 시스템(자동조타장치. 대양 등을 항해할 때 가고 싶은 곳이나 방향이 정해지면 사람이 수동으로 배를 조정하는 게 아니라 자동으로 배를 모는 방식) 등과 연동되어 있어서 아주 편하다. 전자해도는 내비게이션처럼 유료로 업데이트할 수도 있다. 전자해도 중앙에 나타난 흔적은 조업한 흔적(항적)이다. 한가운데 흔적이 몰려 있는 것

| 사진 110 |

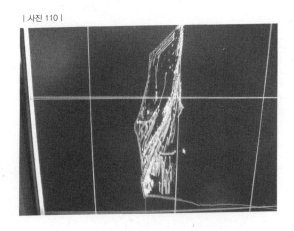

포클랜드 어장 가는 길

| 사진 109 |

은 이곳이 바로 '섹터 3.1 해역'이기 때문이다.

그런데 트롤어선은 예전에도 어장에서 해도를 쓰지 않았다. 대신 직접 만든 '어장도漁場圖'를 사용하였다. 트레이싱 페이퍼tracing paper(반투명의 얇은 종이)에 조업 위치와 코스를 볼펜으로 그려 넣고 매번 연필로 필요한 위치를 기록하다가 지워서 쓰곤 했다. 어장도는 오직 조업하는 그 배, 그러니까 해당 트롤어선 한 척에서만 사용하는 것이기에 해도와 위치 정보가 다르다. 가령 어떤 물표가 A라는 배에서는 200°로 보이지만 B라는 배에서는 205°로 보일 수 있다. 어선마다 레이더 감도나 방위각도가 다르기 때문인데, 이걸 두고 어느쪽이 맞다고 할 수 없다. 사실 어장도에서는 그런 게 중요하지도 않다. 자신들의 계기로 측정하여 만들었으니 그것에 적용하면 된다.

어장도로 조업할 때 해당 배에서 자신들의 계기로 만든 조업 코스가 안전했다면, 그것은 안전한 것이다. 하지만 자신이 사용하던 어장도를 다른 배에서 조업할 때 사용하면 안전하지 않을 수도 있다. 계기의 차이로 인해 위치가 달라지기 때문이다. 마찬가지로 한 어선에 레이더가 두 대 있는 경우, A 레이더로 만든 어장도의 코스를 B 레이더로 조업하면 문제가 생길 수 있다. 마찬가지로 두 레이더 정보가 차이가 날 수 있기 때문이다.

물론 항해할 때뿐 아니라 조업할 때 (어장도에 기록된 상대적 위치 정보가 아니라) 절대위치를 파악하는 것이 중요하며 필요할 때도 있다. 그것은 해도 혹은 전자해도나 GPS 등을 확인하면 된다. 그러나 이 또한 특정 배에서 자신들의 계기(차이 혹은 오차를 포함한 계기)로 파악한 정보이다. 엄밀히 말하면 배의 위치를 포함한 모든 것들은 근사치 혹은 '현장치'라고 해야 할 것이다. 모든 계기는 차이를 갖고 있고 오차의 위험을 안고 있다. 절대적으로 완벽한 계기 혹은 그 계기가 만들어 내는 완벽한 정보란 애시당초 없는 것이다.

당연히 그 차이가 엄청나게 크다면 사용하기 어렵겠지만, 지금의 항해 시스템은 인간이 거의 필요하지 않을 정도로 정확하고 수준이 높다. 그래서 항해사들이 대양大洋을 항해할 때 연습으로라도 천측天測을 통해 수동적 위치(선위) 같은 것을 구하지 않아도 된다. 그러니 현대의 첨단 항해 시스템을 믿을 수 없다거나, 바다에서 일어나는 일을 기계에만 맡길 수 없다는 의미는 아니다. 다만 절대적으로 완벽한 그 무엇은 있을 수 없다는 말이다.

바다 생물의 성별

　물고기 중에는 단번에 성별을 구분할 수 있는 것이 많다. 가령 민대구hake는 개체가 큰 것은 거의 모두 암컷이다. 작은 것만 수컷이다. 큰 개체가 많이 어획될 때 수컷의 비율은 아주 낮다. 반면 로리고는 개체가 너무 작아 암컷과 수컷이 잘 구별되지 않으며 성숙도를

| 사진 111 |

포클랜드 어장 가는 길

알기 어렵다. | **사진 111** | 배를 갈랐을 때 윗부분 생식소가 노란색(알)인 것은 암컷이고, 흰색(정액)인 것은 수컷이다.

로리고와 달리 인간들은 몸체가 작다(어리다)고 해서 성별을 알아보기 어려운 경우는 별로 없다. 직접 접촉하지 않더라도 성별을 알아내는 방법이 많기 때문일 것이다. 로리고를 보면서 성별과 젠더gender에 대한 우리의 관념이 너무 경직된 것은 아닐까 생각해 보았다. 사람들은 성별을 구분하는 것을 다른 사람을 알아 가는 첫걸음으로 여긴다. 아이를 낳았을 때 맨 먼저 묻는 말도 '딸이냐 아들이냐'다. 성별이 그 존재를 확인하는 유일한 길인 것처럼. 등에 업힌 젖먹이를 봐도 처음 물어보는 게 대체로 성별이다. 반드시 성별을 구별하고 난 다음에야 어떤 말이나 행동을 할 수 있는 것처럼. 가족에 대해 이야기할 때도 '아들 몇, 딸 몇' 이렇게 말한다. 초등학교 아이들을 볼 때 가장 먼저 들어오는 이미지도 성별이다. 성별이 잘 구별되지 않을 때는 '이상하다'고까지 생각한다.

그런데 사실 사람도 처음 태어났을 때 (성기를 제외한) 겉모습만 보고는 성별을 구별하기 어렵다. 성별도 사회 속에서 성장하면서 점차 드러나는 것이다. 그렇게 보면 (젠더뿐 아니라) 성별 역시 타고난 게 아니라 나중에 주어진 것이라고 할 수 있을 듯하다. 불변인 것만 같은 '생물학적 성'이라는 것도 말이다.

물고기들에게 성은 오직 본능 추구, 그러니까 철저하게 생식용이다. 그에 비해 인간의 성은 생식을 위한 성, 곧 본능에 충실하기보다 주입된 이데올로기에 휘둘리고 있다. 생식을 위한 섹스가 아니면 윤리에 어긋나는 것이라고 규정되는 것 말이다. 그래서 우리에겐 불륜不倫이 있다. 이처럼 성을 윤리적 관점에서 바라보는 것은 동물의 세계에서는 있을 수 없는 얘기다. 물고기는 성을 오직 생식의 목적으로만 사용하기에 불륜은 당연히 없고, 그게 그들의 본성을 벗어나지 않는 방법이다. 살다가 때가 되면 새끼를 가진다. 생식을 위한 성이라는 점에서는 동일하나 다르게 작동하는 것이다.

인간은 온갖 정치적 관점을 성에 투사한다. 불륜, 낙태, 시험관 아이, 매매춘, 성소수자, 정력제, 발기부전 치료제, 출산율, 미혼모, 혼전섹스, 인구절벽 등 이루 다 나열하기도 벅차다. 인간의 성은 이데올로기에 멍들어 본성을 잃어버리고 너덜너덜해졌다. 양태樣態인 우리의 관점을 실체이자 본성인 성에 너무 많이 개입시켰다고나 할까.

문어의 소중한 장소

사람들은 '더러운' 파리가 낳은 '더러운' 알에서 나온 것을 구더기라 부르며 '더럽게' 여긴다. 더러운 파리가 아주 더러운 곳에 더러운 알을 낳았다고 생각한다. 사람은 어떤가? 사람은 아주 '깨끗한' 곳에 '깨끗한' 알(새끼)을 낳는다(고 생각한다). 누가 만지면 큰일이라도 날까 봐 조심조심 정성을 다한다. 하여 삼칠일 동안은 외부 사람의 출입도 막는다. 그런데 정말 그런가? 파리는 더럽고 사람은 깨끗한가?

우리가 더럽다고 규정했던 더러운 파리와 파리의 더러운 알(과 구더기)을 다시 되돌아보자. 깨끗한 우리가 아주 깨끗한 곳에 깨끗한 아이를 낳으려고 하듯, 파리도 아주 깨끗하고 영양이 풍부한 곳에 깨끗한 알을 낳으려 할 것이다. 우리가 더럽다고 생각하는 구더기가 끓는 그곳이, 파리에게는 귀엽고 소중한 새끼들이 자라나기에 아주 알맞은 곳이다. 성체가 알을 낳는 것은 본성에 가깝다. 인간이 쉽게 이해하고 설명할 수 없다. 새가 둥지를 짓기 위해 상상하지도 못할 일들을 해내는 것을 보라.

'깨끗한 우리와, 더러운 파리'라는 구도는, 그 전제 자체가 잘못되었다. 우린 깨끗하니까 깨끗한 곳에 깨끗한 알을 낳고, 파리는 더러우니까 더러운 곳에 더러운 알을 낳는다는 것 말이다. 전제가 잘못되면 과정도 결과도 잘못 보게 된다. 사견邪見은 아무리 쌓여도 사견

229

| 사진 112 |

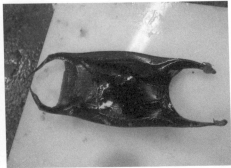

| 사진 113 |

을 낳을 뿐이다.

문어의 알 | 사진 112 | 과 가오리의 알(지갑처럼 생긴 것) | 사진 113 | 이다.
문어는 인간들이 버린 폐기물에 알을 낳았다. 우리가 더럽다고(혹은
필요 없다고) 폐기한 것에 자신들의 가장 소중하고 깨끗한 알을 낳았
다. 이것은 그들이 우리가 규정한 더러움을 아느냐 모르느냐의 문
제가 아니다. 그들은 모든 것을 긍정적으로 활용한다. 부시맨이 콜
라병을 전혀 다른 방법으로 활용했듯이. 문제는 우리다.

8자링 하나를 만들어 내기까지

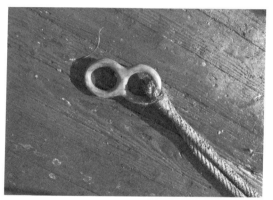

| 사진 114 |

트롤어선에만 있는 어로 속구인 '8자링 8 type ring'이다. | 사진 114 | 오터 보드를 와이어에 연결할 때 사용한다. 그물과 배를 연결하는 후릿줄은 투망할 때 팽팽한 장력 때문에 오터 보드에 연결하기가 매우 어렵다. 이 8자링의 구멍에 후릿줄의 연결 부위인 새클이 걸리도록 하여 오터 보드를 연결하는 것이다. 이때 '갓다리'란 와이어가 필요한데, 이 와이어 역시 오직 오터 보드 때문에 생긴 것이다. 이런 속구들이 어떻게 작동하는지 살펴보면 당연한 쓰임새처럼 보이지만, 그걸 고안해 내기까지 아주 비상한 아이디어가 동원되었을 것으로

231

| 사진 115 |

| 사진 116 |

생각된다. 콜럼버스의 달걀처럼.

다음 도구는 '악어이빨crocodile spanner'이다. | 사진 115 | 이것은 너트를 푸는 데 사용하는데, 보다시피 다양한 규격이 이빨처럼 배열되어 있어서 조업선 갑판에서 급할 때 유용하게 쓰인다.

철구(스틸보빈steel bobbin) | 사진 116 | 는 트롤그물 입구와 소매그물이 연결되는 부위에 부착(끼우는)하는 속구다. 철구가 굴러다니는 방향으로 장착하면 바닷속에서 울퉁불퉁한 부위를 만났을 때 바퀴처럼 넘어가기도 하고 자체 무게도 있어서 트롤그물 입구를 해저에 밀착시켜 주는 역할도 한다.

이 모든 것들이 동시에 발명되지는 않았을 것이다. 조업 경험이 쌓이면서 하나씩 생각해 낸 것들이리라. 저층 트롤그물은 해저에 사는 어종을 대상으로 하기 때문에, 그물을 해저에 안전하게 붙여서 예인하는 것이 가장 중요하다. 그래서 트롤그물은 그물 자체 무게만으로 부족하여 체인 등을 부착하기도 한다. 가령 라스팔마스 어장에서 문어를 조업할 때는 문어 체인이라고 해서 한 개가 아니라 여러 개의 촘촘한 체인을 채우기도 하고, 인도양 오만 어장에서는 아예 앵커 체인을 잘라 그물과 후릿줄을 연결하는 부위에 장착하기도 했다. 앵커 체인은 일정한 길이만큼을 반드시 보유해야 하는 법정 부품인데 그 따위는 어획을 위해 무시해 버렸다.

지금은 그런 행태가 거의 사라졌지만 예전에 한국 원양어선들의 불법조업은 거의 세계 최고였다고 해도 과언이 아닐 것이다. 1980년대 초에 승선했던 저층 트롤어선은 인도양 오만 어장에서 30개월 동안 조업하면서 단 이틀만 합법적인 조업을 했을 정도다. 불법의 행태는 다양한데, 가장 일반적인 게 연안에 근접한 조업과 수심 위반이다. 그러니까 연안 10마일, 수심 100미터 이상에서 조업하겠다는 조건으로 입어권入漁權을 받아 들어가 놓고, 단 이틀만 합법적인 조업을 한 것이다. 출어하기 전부터 그런 조건에서는 경제성이 없다는 것을 알았으니 처음부터 불법조업을 작정하고 간 셈이다. 또한 그것은 한국 어선만의 계획이라기보다는 당시 오만 수산청 고위직과 결탁한 결과였을 것이다. 지금으로서는 도저히 가능할 것 같지 않은 조업 형태다. 이는 나쁜 권력을 견제할 장치가 없으면 그 권력들이 나라의 부를 얼마나 손쉽게 팔아먹을 수 있는지를 보여 주는 증거이다. 요즘은 온 세계가 불법어로 행위를 감시하고 있다. 옵서버도 그런 흐름에 따라 만들어진 제도다. 모두 착한 어업을 통해 지속 가능한 어업이 될 수 있도록 노력해야 할 것이다.

그물에 걸려온 돌멩이 하나

| 사진 117 |

저층 트롤어업을 하면 해저에 있던 온갖 것들이 그물에 걸려 올라
오는데, 그중 하나가 돌이다. | 사진 117 | 1980년대 인도양 오만 어장에
서도 그랬다. 수심이 얕아서인지 돌이 꽤 많이 올라왔던 걸로 기억
한다. 일주일 정도 조업하면 선미에 돌이 쌓여 조업을 못할 지경이
되기도 했다. 올라오는 즉시 버리면 될 텐데 조업에 방해가 된다며
모아 두었다가 조업을 할 수 없는 곳에다 버렸다. 지금 생각해 보면
잘못한 일인 것 같다. 올라온 그 자리에 버리지 않고 조업의 편리를
위해 다른 곳에 버리면 해저는 어떻게 되겠는가. 우리에게는 귀찮

은 돌멩이일 뿐이지만 해저에 사는 생명체들에겐 소중한 보금자리였을 텐데, 그게 어느 날 갑자기 사라져 버렸다면? 잠시 나갔다가 돌아와 보니 집이 뿌리째 뽑혀 사라져 버렸다면 얼마나 황당할까.

포클랜드 어장은 최소한 수심 100미터 이상, 600미터 정도에서도 조업을 하므로 오만 어장에 비하면 돌이 거의 올라오지 않는 편이다. 간혹 올라오는 돌은 양망할 때 렛고시킨다. 트롤어선들은 가능하면 돌이 드는 코스는 회피한다. 돌이 올라오면 치우는 것도 힘들고 돌 때문에 그물이 파손되는 경우가 많기 때문이다. 돌이 그물에 들어가는 과정에서 그물 밑판을 찢어 놓거나, 급기야 그물 끝까지 들어가 끝자루 밑판에 구멍을 낼 가능성이 높다.

뻘 반 오물 반, 가오리밭

가오리를 목표 어종으로 하는 곳은 오징어 어장보다 상대적으로 수심이 깊다. 많은 트롤어선들이 오징어철이 지나고 잡어철이 되면 가오리를 잡고 싶어 하지만, 처리실 사정 때문에 그러지 못하는 경우가 많다. 가오리와 함께 올라오는 뻘과 VME(취약해양생태계)가 문제다. 가오리밭에선 끝자루(보따리) 크기가 커도 오물(조업선에서 제품화되지 않는 것은 모두 '오물'이라 부른다)을 다 분리해서 제거해야 하므로 여간 힘든 게 아니다. 제품이 되는 어획물이 몇 퍼센트나 될지도 처리를 해 봐야 안다. 심지어 20퍼센트가 채 안 될 때도 있다. 그러면 처리실에서 일하는 처리부원들의 푸념이 쏟아진다. 어획이 좋은 것도 아니면서 이 고생을 시킨다고 말이다. 앞에서야 욕을 잘 못하지만 없는 데서는 욕을 해야 스트레스도 풀리는 거니까. 이런 식의 조업이 계속되다 보면 선원들의 불만이 커질 수밖에 없다.

오물이 잔뜩 들어 있는 보따리를 피시본드에 부어 놓으면 피시본드에서 밀어내는 것부터가 난감하다. 뻘과 해초류 그리고 각종 VME 등이 뒤엉켜 떡이 된 상태라 쉽게 밀어지지 않는다. |사진 118|
마치 흙더미를 쌓아 놓은 것과 같은 형국이다. 선원들은 삽이 아니라 쇠스랑으로 광석을 캐듯 뒤엉킨 것들을 뜯어내다시피 해야 한다. 더구나 가오리는 다른 어종보다 훨씬 크고 무거워 다루기도 힘

| 사진 118 |

| 사진 119 |

들다. 컨베이어를 타고 나오는 가오리를 일일이 손으로 들어 처리 대로 던져야 한다. | 사진 119 | 그리고 뻘과 가오리가 뒤섞여 있어서 함께 올라온 다른 어종은 죽사발이 된 것도 많다. 끝자루 속에서 서로 부대껴 살이 짓물러 터진 것이다. 제품화하는 어종임에도 너무 뭉개져 처리를 하지 못하는 경우도 생긴다. 그래도 완전히 망가지지 않았으면 처리를 하는데, 북태평양 어장에서도 피시본드에 부어 놓은 명태들이 황천에 배가 롤링을 많이 하면 피시본드 안에서 이리 저리 많이 흔들려, 나중엔 몸 전체가 하얗게 되는 일명 '백태'가 되었다. 물론 백태도 처리를 하였다.

가오리밭에서 조업을 하면 전 선원이 모두 고개를 저으며 피곤해 했다. 갑판부는 갑판부대로 손봐야 할 어구가 너무 많다. 해초류와 온갖 잡동사니들이 그물 속에 들어와 그걸 어느 정도 털어 내지 않으면 투망을 할 수가 없기 때문이다. 게다가 뻘이 들면 끝자루에 든 어획물을 피시본드로 붓는 것도 여간 까다로운 게 아니다. 끝자루 끝(게스)만 풀어선 안 되고, 끝자루 와이어 밴드에 카고 윈치를 걸어 들었다 놨다 하면서 끝자루를 털어야 한다. 저질도 좋지 않아 그물이 찢어지는 일도 많았다. 추운 겨울 몇 시간을 파도와 바람에 시달리며 갑판에서 이렇게 일하다 보면 완전히 지쳐 버리는 것이다.

고래 사체를 처리하며

위치 남위 47°-38′, 서경 60°-41′, 수심 407미터 부근에서 거대한 고래 사체가 그물에 걸려 올라왔다. 어떤 고래인지 알아볼 수 없을 정도로 부패해 있었다. 피시본드에 붓는 순간 썩는 냄새가 진동했다. 고래라기보다는 하나의 '냄새 덩어리' 같았다.

1980년대 인도양 오만 어장에 있을 때 작은 돌고래 한 마리가 포획된 적이 있고, 배 바로 옆에서 물을 내뿜으며 숨쉬는 고래를 본 적은 있으나 이렇게 큰 고래의 사체가 올라온 것은 처음이었다. 크기와 무게가 너무 엄청나서 피시본드에서 컨베이어로 바로 이동시킬 수 없어 부득이 절단했다. |사진 120| 대부분의 살이 문드러져 있었는데, 그나마 일부는 살을 잘라 옮길 수 있을 정도로 덜 부패된 부위도 있었다. |사진 121| 살로 된 부위는 절단해서 컨베이어로 끄집어내고 그 외 부분은 피시본드 해치를 열어 다시 갑판 위로 올리기로 했다. 실제 피시본드에 부어진 대부분의 거대 중량물, 가령 상어 혹은 큰 폐기물 등은 처리실에선 바다로 렛고시킬 수 없어 피시본드 해치를 열어 다시 갑판으로 올려서 처리한다.

예망 중에 처리부와 갑판부가 함께 고래 사체와 뼈를 갑판으로 옮겨 선미 슬립웨이 근처에 모아 두었다. |사진 122| 부패한 사체 냄새가 처리실은 물론 로비와 급냉실을 타고 식당까지 올라왔다. 선원식당

| 사진 122 |

포클랜드 어장 가는 길

과 싸롱은 같은 층에 있는데 그곳에서도 고래 사체의 강렬한 냄새를 맡을 수 있었다. 열린 공간인 갑판과 브리지에서도 마찬가지였다. 약간 새콤한 듯한 그 냄새는 길게는 5일 적어도 2~3일 간 잔존했다. 배 전체가 사체 냄새에 휩싸인 것이다.

처리실에서는 물론 갑판에서도 고래 사체를 처리하는 것은 큰일

| 사진 120 |

| 사진 121 |

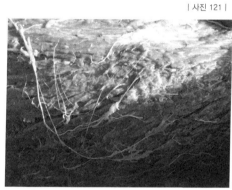

| 사진 123 |

| 사진 124 |

이었다. 살이 너무 허물어져서 카고 윈치 후크를 걸 만한 데가 없었다. |사진 123| 할 수 없이 초사의 지시로 그물망을 만들어 그곳에 사체 조각을 모아 버렸다. 망태기 같이 생긴 그물에 후크를 걸어 선미 슬립웨이 쪽으로 당기면 그물은 후크에 걸려 남게 되고 고래 사체만 바다로 버려지는 것이다. 이런 작업은 예망 중에 하면 안 된다. 렛고 시킨 게 다시 예망 중인 그물에 들어갈 가능성이 높기 때문이다. 실제로 인도양 오만 어장에서 살아 있는 거북을 그렇게 렛고시켰다가 몇 번이나 같은 거북이 양망한 그물에 다시 올라오는 것을 경험하였다. 결국 그 거북은 여러 번 어획되는 바람에 스트레스가 너무 심해 죽어 버렸다.

처리실에서 고래 사체를 조각내고 컨베이어로 옮기는 과정에서 살이 흐물흐물해져 고래 뼈가 자동으로 분리되면서 튀어나왔다. |사진 124| 예전에 부산수산대학(현 부경대 대연캠퍼스) 도서관 가는 길에 있던 고래 갈비뼈 두 개로 만든 상징물이 떠올랐다.

고래 사체를 보면서 누구든 죽어선 다른 존재들에게 먹이가 된다는 사실을 떠올렸다. 이 고래 사체는 바닷속 다른 생명들에겐 만찬의 재료이자 살아갈 희망이었을 것이다. 그렇다. 어떤 존재든 죽어서는 다른 존재들의 먹이가 되어야만 한다. 그런데 오직 우리 인간들만 그렇게 하지 않는다. 그런 의미에서 나는 화장火葬을 반대하는 입장이다. 화장하는 방식은 다른 존재들을 먹으면서 살아왔음에도 죽어 버린 자신의 몸을 그들에게 주지 못하기 때문이다. 티베트에선 주검을 들판에 버려 독수리 등이 먹도록 한다. 그것도 토막을 내서. 우리의 주검을 그렇게까지 하자는 것은 아니지만, 주검을 자연으로 돌려주는 방법이 좀 더 혁명적으로 논의되었으면 좋겠다. '죽으면 썩어질 몸'이라는 말도 있지 않은가. 살아 있을 때 잘하자는 의미일 텐데, 그걸 '육보시'라고 한다면 살았을 때도 할 수 있는 육보시를 죽어서 못할 것은 또 무엇인가.

육지가 바뀌어야 바닷속도 바뀐다

폐기물들이다. **| 사진 125·126·127 |** 물론 본선에서 버린 것은 아니고 트롤그물에 걸려 올라온 것들이다. 전선, 냉매 탱크, 냉동팬 등이다. 이외에도 종류는 다양하고 양도 많다. 냉동팬 모양을 보니 유럽 스타일 어선에서 사용한 것으로 추정된다. 한국 트롤어선들은 저런 모양의 냉동팬을 사용하지 않는다. 이런 걸 보면 역시 '뱃놈'들의 낮은 의식이 참으로 문제라는 생각이 들 것이다. 하지만 좀 더 생각을 확대해 보면 그렇게 단정하기도 어렵다.

트롤어선은 바다로 한 번 나가면 길게는 1년 짧으면 6개월 정도 논스톱으로 조업한다. 그때 이런 폐기물들이 생기면 어디에 둘 것인지가 문제로 떠오른다. 폐기물 분류는 일차적으로 선원들의 판단과 책임이지만, 버리는 것은 차치하더라도 이렇게 그물에 걸려 올라오는 것들을 모아 둘 넓은 공간이 조업선에 있을까? 결론적으로 말하면 없다. 결국 바다로 버리는 수밖에 없다. 트롤어선 자체에서도 폐기물이 발생하고 규정상 바다에 절대 버릴 수 없는 재질의 폐기물들이 정해져 있으나 현실적으론 지킬 수 없는 구조인 것이다.

나아가 어장에서 조업하는 트롤어선에서 생긴 폐기물들이 과연 뱃놈들이 만들어 낸 것이라고 할 수 있을까? 책임을 다른 사람들에게 떠넘기겠다는 수작이 아니다. 먼저 뱃놈이라고 불리는 선원들의

| 사진 125 |

| 사진 126 |

| 사진 127 |

노동조건이 폐기물을 만들어 낼 수밖에 없는 구조라는 것쯤은 알아 두자. 장기 조업과 열악한 노동환경(강도와 시간 포함) 속에서 폐기 물을 규정대로 버리는 것 따위에 신경 쓸 여유가 없다. 더불어 이런 사태가 발생하는 것은 결국 뱃놈들이 살고 있는 바다 위, 즉 조업선 만의 문제는 아니다. 이것은 결국 트롤 조업을 가능하게 하는 '육상 에서의 삶'과 깊은 관련이 있다. 다만 그 사실이 시간적으로나 공간 적으로 너무 멀리 떨어져 있어서 잘 느껴지지 않을 뿐이다.

어떤 사건도 독립적으로 보아서는 제대로 파악할 수 없다. 관계 론적 관점으로 보지 않으면, 폐기물 투기 문제를 오직 먼바다에서 조업하는 트롤어선 선원, 즉 뱃놈들의 문제로만 여기게 되고 그 해 결책도 단편적일 수밖에 없다. 그리고 결론은 '버리지 않으면 되지 않느냐'와 '강력한 규제를 가하면 되질 않느냐' 밖에는 없게 된다. 결 국 이는 육지든 바다든 우리가 바다를 어떻게 보아야 하는가의 문제 로 연결된다.

포클랜드 어장의 가오리밭은 마치 쓰레기통 같다. 자기 배가 (주 로) 조업하지 않는 곳이라고 해서 자신들이 만든 폐기물을 집중적 으로 갖다 버린다. 그러니 상대적으로 오징어나 로리고·민대구 등 을 잡는 어장은 폐기물이 없는 편이고, 더불어 VME도 드물다. 하지 만 원래 그곳에 VME가 별로 없었다고 할 순 없을 것이다. 그곳에도 VME가 많았지만 잦은 트롤 조업으로 인해 엄청나게 감소한 것일 테니까.

결국 바다의 문제는 육지의 문제와 연결된다. 그것은 육지만의 책임도, 바다만의 책임도 아닐 것이다. 그렇다면 둘 다 책임을 질 필요가 없을까? 아니다. 둘 다 책임이 있다. 육지에서 삶의 방식이 바뀌어야만 바다에서의 삶의 방식도 바뀔 수 있다.그러자 직·간접적으로 많은 노력과 비용이 들 것이다. 그나마 포클랜드 어장은 트롤어선이 조업이라도 하고 있으니 이렇게라도 알려지는 것이지 수심이 아주 깊은 곳은 드러나지도 않는다. 수백, 수천 년 동안 사람들이 생산하고 버린 쓰레기들이 수천 미터 해저에 발암물질처럼 널려 있을 것이다. 사람이 만들어 낸 그것들은 결국 사람에게로 돌아오게 되어 있다. 모른 척 그냥 덮고 가는 것은 쉽고 편하지만, 그들이 결코 우릴 그냥 두지 않을 것이다.

바다로 먹고사는 사람의 딜레마

저층 트롤어업을 하다 보면 그물 사고가 많이 난다. 인도양 오만 어장에서는 거의 매일 그물이 찢어지는 사고가 났다. 그곳에 비하면 포클랜드 어장에서는 그물 사고가 거의 나지 않는 편이다.

그물의 재료인 폴리에틸렌 망지網地는 아무리 가느다란 것이라도 사람 손으로 절대 찢을 수 없다. 망지의 파단력破斷力이 그만큼 강하다. 그런 그물이 물속에서 찢어진다는 것은 그만큼 강력한 힘이 그물에 작용한다는 뜻이다. 게다가 트롤어선의 밑판 그물은 망지 굵기가 빨랫줄, 심지어 가는 로프 수준이다. 그만큼 강력한 재질의 그물이 찢어져 버리다니!

트롤그물의 밑판을 '시다바리'라고 하는데 그것이 찢어지는 경우는 대형 사고까지는 아니더라도 중형 사고 정도는 된다. 찢어진 그물이 올라오면 갑판에서 찢어진 부분을 깁거나 아니면 그 부분을 걷어내고 새로운 망지로 교체해 주어야 한다. 사진은 예망 중 교체된 그물을 정리해서 옆으로 옮기는 장면 l 사진 128 l 과 그물의 앞부분을 후릿줄과 분리하는 모습이다. l 사진 129 l 조업선 입장에서는 그물이 찢어지는 사고가 나면 당연히 손해를 봤다고 생각한다. 그런데 그물이 찢어졌다 함은 그에 상응하는 힘이 해저 속에서 발산되었음을 의미한다. 즉, '충돌'이 일어난 것이다. 그물이 찢어진 만큼 '해저생태계'

| 사진 128 |

| 사진 129 |

도 찢어졌을 거라는 말이다. 하물며 그게 망지가 아니라 와이어 같은 것이었다면? 순수한 와이어 한 가닥은 해저에 걸리지 않는다. 반드시 와이어가 연결된 섀클 부분이나 다른 속구, 가령 와이어들끼리 연결되는 부분이 해저 어딘가에 걸리는 것이다. 와이어가 터지거나 섀클이 걸려 트롤 윈치 드럼이 슬렉되거나 나중에 그물을 갑판으로 올릴 수 없을 정도가 되었다는 것은 해저생태계 역시 그만 한 충격을 받았다는 뜻이다.

인도양 오만 어장에서는 '초발조업'이라 해서 그물이 망가질 것을 감안하고 조업하는 경우가 많다. 조업선 측에서 보면 그물과 어획물을 바꾼 셈 치는 것이다. 이른바 '초치기'라고 하는데, 그때 거대하고 강력한 트롤 어구와 부딪히는 것은 해저생태계, 곧 그곳에 살고 있는 생명체들이다. 그들이 사는 집, 아니 그들이 사는 동네가 하루아침에 뽑혀 나가고 작살이 날 수도 있는 것이다.

하지만 조업선에서는 그걸 모험, 혹은 어획을 위해 어쩔 수 없는 일로 여긴다. 예전에 먼바다로 진출하던 서구인들의 관점과 다르지 않다. 그들이 신대륙이라고 부른 곳에 이미 오래전부터 사람들이 살고 있었음에도 서구인들은 그들을 인간으로 취급하지 않았다. 그래서 자신들이 그제야 겨우 발을 내디딘 곳을 신대륙이라 불렀다. 그들은 오직 금을 위해 목숨을 걸고 먼바다를 건너 이미 오래전부터 그곳에 살고 있던 원주민의 땅을 찾아갔다. 그리곤 자기들 마음대로 이름 붙이고 땅과 바다를 구획하고 사람들을 도륙했다.

트롤어업뿐 아니라 모든 현대적 어업법이 그런 것은 아닐까? 하여 바다 생활은 매우 복잡하다. 우리도 먹고살아야 하고 자연도 파괴하지 말아야 하는 딜레마.

　우리가 조금씩 자연을 넓고 깊게 이해하다 보면 어떤 해결점을 찾을지도 모른다. 그러려면 우리 인간의 반성이 선행되어야 한다. 물론 그런 생각 없이도 세상을 살 수 있다. 자본주의체제에서 이익을 추구하는 걸 누가 뭐라고 하겠는가. 하지만 인간들이 걸어온 길을 더듬어 보는 것도 그리 나쁘진 않을 것이다. 그동안 인간이 걸어온 길이 밝은 길이었다면 그 밝은 길 이면에 어두운 무엇은 없는지 살펴보는 것은 의무라기보다는 지혜에 가깝다. 어쩌면 '반야般若'만큼이나 깊고 실용적인 지혜일 수 있다. 어떤 철학도 책상에 앉아 책을 읽는다고 혹은 조용히 사색한다고 이루어지지 않는다. 그것은 철학이 아니다! 철학은 일종의 운동성이다. 바다에서 거친 파도를 맞으면서도 찢어진 어구를 보수하면서도 할 수 있는 게 철학이다. 그것이 사유 속으로 다시 들어가 버리는 게 아니라 현장에서 녹아 새롭게 꽃을 피워 올리는 것이 철학이다.

　4D 업종에 종사하는 뱃놈들이 무슨 철학이냐고? 철학이 없으면 자신이 지금 무엇을 하는지 알 수 없다. 그러기에 우리에게는 '철학 아닌 철학'이 필요하다. 현장의 의미를 알고 깨닫는 것. 누구든 평등한 위치에서 자신과 타자他者를 생각해 보는 것 말이다. 그 타자의 범위를 거의 무한대까지 넓힐 수 있는 능력을 갖게 된다면, 그때 자신도 행복해질 것이다.

온몸이 설레는 입항 준비

2016년 6월 26일 어장에서 현장발發(어장에서 항구로 출발하는 것) 하여 이틀 정도 항해 후 우루과이 몬테비데오에 입항했다. 선석船席이 없어 반나절 정도 외항外港에서 '앵커링anchoring'(닻을 놓고 기다리는 것) 대기하다가 접안接岸하였다. 모든 항구가 다 그런 것은 아니지만, 어선과 상선이 접안하는 부두가 다를 수 있다. 업종에 따라 지원하는 육상 시스템이 다르기 때문일 것이다. 어선은 냉동 컨테이너와 냉동시설 등이 함께 연결되어야 한다. 우리나라도 어선은 부산항 중에서도 감천항에 입항하고 예전엔 용당부두에 입항했다.

입항 전에는 선원명부와 같은 필수 서류 말고도 물리적으로 준비할 게 많다. 어선이라면 어창魚艙과 급냉실 등이 어획물로 채워져 있어야 한다. 그리고 갑판의 어구들을 정리해 놓아야 한다. | 사진 130 | 그물을 전개하는 오터 보드는 갑판으로 올려 슈를 육성 보강해야 하며, 트롤 윈치의 메인 와프와 후릿줄 같은 와이어는 모두 드럼에 감고 구리스grease(끈적끈적한 젤 타입의 윤활유, 기계의 보존 기간을 늘리기 위한 용도로 쓰인다)를 먹이고 커버를 덮는다. 포클랜드 어장은 입항에 걸리는 시간이 이틀뿐이라서 청소 정도만 하면 되지만, 입항 시간이 많이 걸리는 북태평양 어장 같은 곳에서는 새로운 그물(특히 끝자루)을 만들기도 하고 도크철dock이면 '깡깡작업'(녹을 털어내는

| 사진 130 |

일)을 하였다.

원양이든 연근해든 입항을 좋아하지 않는 선원은 없을 것이다. 국내라면 당연히 기다리는 것과 보고 싶은 사람들이, 외국에서도 나름대로 기다리는 그 무엇들이 많이 있을 것이다. 무엇보다 입항하면 하고 싶은 게 많아서 그렇다. 요즘은 입항해서 본선 선원들이 어획물을 직접 하역荷役하는 경우가 거의 없기에 현문舷門 당직과 하역 감시하는 일만 하면 된다. 하지만 트롤어선의 경우 어종이 열 가지 정도나 되어서 냉동 컨테이너에 들어가는 어획물을 어종별로 점검하는 것도 쉬운 일은 아니다. 갑판장은 갑판장대로 카고 윈치 사용 등을 보살펴 주어야 하고, 처리장은 어창 상황을 수시로 살펴야 한다. 사관들도 제각기 할 일이 태산이다. 하역이 끝나면 출항을 위해 선용품船用品을 싣는 것 때문에 또 할 일이 많아진다. 결국 이 모든 것이 다 끝나야 하루나 이틀 정도 외출 시간을 얻는다.

그렇게 주어진 아주 짧은 시간을 쪼개고 쪼개서 극대화된 즐거움을 찾아야 한다. 흔히들 왜 선원들은 입항하면 술과 여자 같은 말초적인 쾌락만 즐기냐고 묻는다. 선원들이 처한 상황 때문이다. 선원들은 관광객들처럼 한가하지 않다. 업무와 당직을 끝내고 쉬고 잠잘 시간에 짬을 내서 놀러 나간다. 그러다 보니 항구 주변을 벗어나기 어렵고, 짧은 시간 내에 즐길 수 있는 것을 택하게 된다. 물론 모든 선원이 다 그러는 것은 아니다.

1990년 인도네시아에서 원목 싣는 배를 탈 때 부두에 접안하지 않고 외항(외항이라도 육지와 멀지 않다)에 앵커를 박고 있으면, 하역 관련 인부들뿐 아니라 아예 마을 사람들이 스피드 보트를 한 대 대절해서 배로 왔다. 거의 대부분 여자들이었다. 배로 올라와서는 선원식당에 진을 치고 출항할 때까지 그곳에서 살았다. 먹는 것도 잠자는 것도 모두 선원식당을 이용했다. 배에서 요청한 적도 없는데 그렇게 무단침입(?)을 한 것이다. 그들은 선원들의 빨래를 하고 침실 및 식당에서 여러 가지 일을 해 주기도 하고 성매매도 했다. 그리고 갈 때 돈을 받거나 돈 대신 여러 가지 물품, 사용하던 옷이나 신발, 먹던 커피, 담배, 술 등을 받아 갔다. 배가 한 번 입항하면 활발한 교환이 일어나는 장터가 열렸던 것이다. 당시 선원들은 한 번 맺은 인연은 다음 항차에 와서도 거의 바꾸지 않았다. 그래서 항구를 '처가妻家'라고 부르기도 했다.

몬테비데오엔 그런 풍경은 없었지만 항구 바로 앞에 국가에서 운영하는 카지노가 버티고 있었다. | 사진 131 | 몬테비데오의 카지노는 마치 관공서 같았다. 흥분이나 열정이 넘치기보다 그곳 사람들의 일상생활 공간 같다는 느낌이 들었다. 특히 일흔 살은 족히 넘어 보이는 헤겔을 닮은 할머니가 룰렛에 베팅하는 모습이 참으로 인상적이었다. 할머니는 매번 2번에 많은 베팅을 했는데 한 번도 룰렛이 2번에서 멈추는 것을 보지 못했다. 카지노 직원들은 모두 공무원이었고, 노름판인데도 심지어 부분파업을 하곤 했다. 위대한 혁명가 체 게바라와 소비에트의 상징물인 '낫과 망치' 이미지가 길거리 벽화에 자주 등장하는 나라였다. | 사진 132 |

선원들은 카지노로 달려가 자신의 운을 시험했지만, 그 시험이 성공으로 끝나는 경우는 별로 없었다. 시험이란 잠시 발을 담가 보는 것일 텐데, 그 깊이와 농도가 깊어져 곤혹을 치르는 사람도 있었다.

| 사진 131 |

| 사진 132 |

포클랜드 어장 가는 길

한국인이 운영하는 술집에 들러 술도 마시고 혹시 마음에 드는 여자가 있으면 2차를 가기도 했다.

선원들에게 항구 풍경은 그런 것이다. 마치 막차를 기다리는 사람처럼 짧은 시간에 즐기고 미련 없이 떠나야 했다. 그들은 관광객처럼 의미 있는 장소를 찾아다니며 '인생이 여행'임을 체험하는 사람들이 아니다.

그곳 한국 식당에서 문화 충격을 겪은 적이 있다. 그곳 여성들은 자신이 마음에 드는 상대를 직접 찍는다. 식당에서 밥을 기다리는데 전부터 쳐다보고 있었는지 한 여성이 갑자기 다가와 허락도 없이 볼에 뽀뽀를 하는 것이 아닌가. 심지어는 입술로 귓불을 살짝 빼는 사람도 있었다. 순식간에 벌어진 일이라 놀랐는데 성매매 제의였던 것 같다. 상대의 상태를 알고나 그러는지…. 사람을 알아보는 매의 눈을 더 길러야 하지 않을까, 세뇨리타들이여!

선물용 '개밥'

팬 한 개가 동일한 어종으로 채워지지 않거나, 동일한 어종이라도 사이즈가 모자라서 채워지지 않는 것을 '합빠'라고 한다. |**사진 133·134·135**| 대부분 상품이 되지 못하고 기다리다 버려진다. 부식으로 사용하는 경우도 드물다. 배에는 싱싱한 부식꺼리가 지천으로 널려 있기 때문이다. 어선에서 부식으로 간택(?)되는 것은 여간 힘든 게 아니다. 회를 뜰 때도 완전히 살아 있지 않으면 손대지 않는다. 미리 합빠가 될 것이 예상되어 부식으로 이용하는 경우도 있다. 가령 이빨고기(메로)가 잘 올라오지 않는 어장에서 이빨고기가 어획되면 처음부터 부식용으로 제쳐 놓는다.

주로 조리장 휘하의 조리수가 장을 보러 온다. 처리실에서 이리저리 살펴보고 쓸 만한 것을 골라 주방으로 올라가는 것이다. 샘플용 오징어도 부식거리로 사용되곤 하는데, 그러려면 주방까지 갖다 주어야 한다. 처리실에서 주방까지 가려면 미끄러운 바닥을 지나 작동하고 있는 컨베이어 벨트 몇 개를 넘어, 역시 미끄러운 급냉실을 건너 계단을 올라가야 한다. 흔들리는 배에서 미끄러운 바닥 위로 10킬로그램 이상 되는 오징어가 담긴 폴리백을 들고 가는 것은 쉬운 일이 아니다. 특히 조심해야 할 것은 머리다. 파이프나 뾰족하게 튀어나온 부위에 부딪힐 가능성이 높고 심하면 찢어질 수도 있다.

포클랜드 어장 가는 길

| 사진 133 |

| 사진 134 |

| 사진 135 |

인도양 오만 어장에서는 이런 합빠로 일명 '개밥'을 만들었다. 처음에는 개밥이라고 해서 입항하면 찾아오는 손님들 중에 개를 키우는 사람들에게 주는 것인 줄 알았다. 나중에 알고 보니 선물용은 모두 개밥이라고 부르는 것이었다. 기지장이 2메가 보이스 통신으로 "이번 항차에 개밥 좀 많이 만들어 오시오" 하면, 선원들은 기지장이 말한 그대로 선물용 고기가 든 박스 위에 매직펜으로 한국어로 '개밥'이라고 적곤 했다. 그런 개밥을 한 항차에 100개 이상 만들었다. 합빠로도 만들고 그들이 좋아하는 병어나 푸른돔 그리고 킹피시 등으로도 만들었다. 개밥의 소비처는 입항할 때 맨 처음 올라오는 도선사導船士(pilot), 예인선tug boat과 수산청 직원, 하역 담당자 그리고 이런저런 이유로 본선에 승선하였거나 기지장과 친분이 있는 사람들 등이다. 그들도 배에 올라와 선물 달라고 하기보다는 개밥 달라고 말했다. 그들은 혹시 개밥을 터키의 음식 이름인 '케밥kebab'쯤으로 생각했던 것 아닐까? 아무튼 지금 생각하니 좀 미안하다.

갑판부원들도 바쁘다 바뻐

　입항할 때 갑판부원들이 하는 일은, 어구를 정비하고 갑판의 기계들에 기름을 치는 것이다. |사진 136·137·138| 한국 선원들에 비하면 상대적으로 상륙 수당이 적은 외국인 선원들에게도 입항은 즐거운 일임이 분명하다.

　인연이 있다면 언젠가 바다에서 또 만나게 될 것이다. 이들이 지금 한국의 원양어업을 이끌어 가는 주인공들이다. 바다 위에서 그들의 활약과 정신이 오래도록 이어져 우리 원양어업 역사에도 한 획으로 남았으면 한다. 나 또한 그렇게 기록할 것이다.

| 사진 136 |

262
포클랜드 어장 가는 길

| 사진 137 |

| 사진 138 |

| 사진 139 |

| 사진 140 |

긴 항해의 마침표, 입항

입항해서 가장 먼저 해야 할 일은 어획물을 육지로 풀어 내는 것이다. | 사진 139 · 140 | 우리나라도 그렇지만 몬테비데오항에는 우루과이 하역 노동자들이 있다. 그들이 모든 일을 한다. 선원들은 어종과 수량만 확인할 뿐이다. 대부분의 어획물은 냉동 컨테이너에 어종별로 실려 한국으로 가게 된다.

한국과 거의 대척점對蹠點에 위치한 포클랜드 어장, 먼바다에서 저층 트롤어선이 파도와 싸우면서 만들어 온 역동적인 무대가 막을 내리는 순간이다.

몬테비데오의 세뇨리타들

우루과이 몬테비데오 | 사진 141 | 에는 많은 '세뇨리타'들이 있다. 그
들은 낯선 이방인에게도 환하게 웃으면서 포즈를 취해 주었다. 그
들이 없다면 세상은 얼마나 건조하고 밋밋할까? 그들의 웃음에서
냄새가 났다. 젊디젊은 세상을 긍정하는 냄새 말이다. 세상을 긍정
하는 냄새는 강렬했다.

특히 이발소에서 머리를 정성 들여 감겨 준 세뇨리타 '안젤라'의
냄새는 아직도 잊기 어렵다. 어떤 색깔을 갖고 있는 냄새. 아, 성욕은
이렇게 갑자기 올 수도 있는 것이구나 하는 생각이 들었다. 그 핑크
빛 냄새가 한순간 온몸을 휘감아 정신을 잃을 수도 있겠다 싶었다.

홍상수 감독 작품 〈옥희의 영화〉에서 학생이 교수에게 묻는다.
성욕을 이길 수 있느냐고. 교수가 되묻는다. "성욕을 이긴 사람을 봤
니?", "그런 사람이 어디에 있다는 걸 들어 본 적이라도 있니?"라고.
사실 그건 누군가를 사랑하고 있다는 것이라고, 절대로 사랑하지 않
아야지 하는 그 순간에도 이미 누군가를 사랑하고 있는 자신을 발견
하게 될 거라고.

포클랜드 어장 가는 길

2018년 4월 30일 초판 1쇄 발행

지은이 | 최희철
펴낸이 | 노경인 · 김주영

펴낸곳 | 도서출판 앨피
출판등록 | 2004년 11월 23일 제2011-000087호
주소 | 우)07275 서울시 영등포구 영등포로 5길 19(양평동 2가, 동아프라임밸리) 1202-1호
전화 | 02-336-2776   팩스 | 0505-115-0525
블로그 | bolg.naver.com/lpbook12
전자우편 | lpbook12@naver.com

ISBN 979-11-87430-26-1